歷代全集叢刊／張印棟主編

蘇子由遺著彙刊

（第九册）

（北宋）蘇轍　撰

河南人民出版社

欽定四庫全書

春秋集解引

予少而治春秋時人多師孫明復謂孔子作春秋略盡一時之事不復信史故盡棄三傳無所復取予以為左丘明魯史也孔子本所據依以作春秋故事必以丘明為本杜預有言丘明授經於仲尼身為國史躬覽載籍其文緩其旨遠將令學者原始要終尋其枝葉究其所窮優而柔之使自求之饜而飫之使自趨之若江海之

浸膏澤之潤渙然冰釋怡然理順斯言得之矣至於孔子之所予奪則丘明容不明盡故當參以公穀啖趙諸人然昔之儒者各信其學是已而非人是以多窒而不通老子有言學不學復衆人之所過以輔萬物之自然而不敢為予竊師此語故循理而言言無所係理之所至如水之流東西曲直勢不可常要之於通而已近歲王介甫以宰相解經行之於世至春秋漫不能通則詆以為斷爛朝報使天下士不得復學嗚呼孔子之遺言

而淩滅至此非獨介甫之妄亦諸儒講解不明之過也故予始自熙寧謫居高安覽諸家之說而裁之以義為集解十二卷及今十數年矣每有暇輒取觀焉得前說之非隨亦改之紹聖之初遷於南方至元符元年凡三易地最後卜居龍川之白雲橋杜門無事凡所改定亦復非一覽之灑然而笑蓋自謂無憾矣南荒士人無可與論說者顧謂子遜仰之彌高鑽之彌堅瞻之在前忽焉在後此孔子之不可及而顔子之所太息也而況於

予哉安知後世不復有能覘予過者其於昔之諸儒或
庶幾焉耳汝能傳予說使後生有聞焉者千歲之絶學
儻在於是也二年閏九月八日志

欽定四庫全書

春秋集解卷一

宋 蘇轍 撰

隱公

元年春王正月

不書即位而書正月何也言朝正於廟於是始成君也惠公娶于宋曰孟子卒其媵聲子生隱公又娶于宋曰仲子生桓公而惠公薨隱公立而奉之是以未嘗即位也隱公雖長庶子也桓公雖幼適子也適子

當立而不能自立庶子不當立而能自立矣然則桓公之立否在隱公也隱立而以奉桓其志可也而禮則不可公羊曰立適以長不以賢立子以貴不以長隱於是焉而辭立則未知桓之將必得立也且如桓立則恐諸大夫之不能相幼君也然則自立而以奉桓禮歟穀梁曰春秋貴義而不貴惠信道而不信邪兄弟天倫也為人子受之父為人臣受之君已廢天倫而忘君父以行小惠可謂輕千乘之國矣蹈道則

未也然則廢桓而自立禮歟兄弟之不加適庶古之道也諸侯再娶之非禮惠公尸之矣惠公以夫人娶之而其子可不以為適乎雖然自立以俟其長亂之道也蓋亦立桓而已為政乎立桓而已為政及其成人而授之於是可謂禮矣

三月公及邾儀父盟于蔑

邾子克也不書爵不名而字附庸之君未王命者也

或曰古者禮樂征伐自天子出諸侯專之非禮也凡

書皆以譏之予以為不然春秋之際王室衰矣然而周禮猶在天命未改雖有湯武未能取而代之也諸侯之亂舍此何以治之要之以盟會威之以征伐小國恃焉大國畏焉猶可以少安也孔子曰桓公九合諸侯一匡天下民到于今受其賜微管仲吾其被髮左衽矣故春秋因其禮俗而正其得失未嘗不予也故曰其事則齊桓晉文其文則史其義則丘竊取之矣盟必有日月而不日失之也春秋以事繫日以日

繫月以月繫時以時繫年事成於日者日成於月者月成於時者時不然皆失之也故崩薨卒弑葬郊廟之祭盟戰敗入滅獲日食星變山崩地震火災凡如此者皆以日成者也朝覲蒐狩城築作毀凡如此者皆以時成者也會遇平如來至侵敗伐圍取救次遷成追襲奔叛執水旱雨雹冰雪彗孛螽螟凡如此者或以月成或以時成者也惟公即位不書日有常日也外殺大夫不書月與日畢不以告也

夏五月鄭伯克段于鄢

段鄭伯之母弟也其母愛之封之於京將作亂大夫請禁之鄭伯不許及聞其將襲鄭而後伐之段出奔共段之不稱弟及公子何也段將為君非復臣也不稱段之奔而稱鄭伯之克何也段之亂鄭伯成之也克者何能勝也段之欲為亂久矣鄭人知之而鄭伯不禁非不能也將養之使至於亂而加之以大戮故雖遂之而國人不敢爭母不敢愛此鄭伯之所謂能

也故書曰鄭伯克段于鄢以示得其情也凡諸侯之事告則書不然則否雖及滅國滅不告敗勝不告克不書于策公羊穀梁以為諸侯之事盡於春秋也而事為之說則過矣

秋七月天王使宰咺來歸惠公仲子之賵

魯之喪諸侯有來賵者矣皆以常事不書書宰咺尊王命也天子之宰曰宰周公曰宰渠伯糾咺之名何也其賵非禮也天子七月而葬同軌畢至諸侯五月

同盟至大夫三月同位至士逾月外姻至以賵惠公
則緩以賵仲子則未薨也使受命於君出而不如其
素雖正之可也季文子聘于晉求遭喪之禮而行遭
喪而以常禮行之不可未喪而以喪禮行之可乎周
雖命之喧不得行也唯命而行之以為非使也故名
仲子之不稱夫人何也非薨非葬名有所不必書也
穀梁曰仲子者惠公之母孝公之妾也禮賵人之母
則可賵人之妾則不可君子以其可辭而受之以仲

子爲惠公之母疑於僖公成風故也婦人既嫁從夫夫死從子由其夫之喪而賵之曰惠公仲子由其子之喪而襚之曰僖公成風禮不可以賵人之妾而仲子獨無子乎雖從其夫禮也故凡春秋之事當從史左氏史也公羊穀梁皆意之也蓋孔子之作春秋事亦略矣非以爲史也有待乎史而後足也以意傳春秋而不信史失孔子之意矣

九月及宋人盟于宿

言及而不言其人內之微者也宋人外之微者也或曰皆遠而失之也宿小國也盟而以國地宿與盟也

冬十有二月祭伯來

祭伯天子之卿也不稱使非王命也不言朝未嘗朝也天子之卿而外交於諸侯非禮也

公子益師卒

益師魯大夫也大夫之喪君不以小斂則不日以為少恩也或曰遠而失之也

二年春公會戎于潛夏五月莒人入向無駭帥師入極
無駭之不氏未賜族也或曰未王命也古者天子賜
姓諸侯賜族楚未嘗通於周而其大夫曰屈完故氏
非王命也極小國也
秋八月庚辰公及戎盟于唐九月紀裂繻來逆女
不稱使昏禮不稱主人也裂繻之不氏何也小國之
大夫稱人其名皆特書也書裂繻以其逆女也凡女
在國稱夫人禮惟天子不親迎使上卿逆之上公臨

之諸侯親迎有故則使大夫可也

冬十月伯姬歸于紀紀子帛莒子盟于密

子帛裂繻也其盟魯故也魯人有怨于莒裂繻既昏於魯而爲魯盟莒故比之魯大夫而稱字嘉之也

十有二月乙卯夫人子氏薨

桓公之母仲子也凡公母稱夫人薨則曰夫人某氏薨葬畢而祔于廟則曰葬我小君某氏不稱夫人則曰某氏卒不祔于廟則不書葬仲子始娶于宋故曰

夫人子氏薨特立之廟而不祔故不書葬左氏曰不赴于諸侯不反哭于寢不祔于姑故不曰薨不稱夫人故不言葬考之以事皆不合失之矣

鄭人伐衛

三年春王二月己巳日有食之

凡春而書月則書王不然則否日食則曷爲或日或不日或言朔或不言朔曰某月某日朔日有食之者食正朔也不言日夜食也不言朔朔在前也不言朔

與日朔在後也

三月庚戌天王崩夏四月辛卯君氏卒

聲子也隱公將不終爲君故不稱夫人不稱子氏而稱君氏何也哀公之母曰姒氏卒哀未君也隱既君矣不稱子氏而稱君氏著其君也詩曰母氏聖善又曰伯氏吹壎仲氏吹篪禮曰汰哉叔氏又曰哭於賜氏皆非姓也猶曰君氏云爾公羊穀梁曰此尹氏也尹氏者天子之大夫也天王崩爲魯主故卒之王子

虎劉卷皆天子之大夫也其卒未嘗不名使尹氏嘗
為諸侯主矣則將名之其曰尹氏而不名非尹氏也
蓋君氏也
秋武氏子來求賻
武氏子者天子之大夫也其稱武氏子何也未畢喪
孤未爵也未爵而使之非正也不言使桓未君也歸
死者曰賵歸生者曰賻歸之正也求之非正也周雖
不求魯不可以不歸魯雖不歸周不可以求之交譏

之也

八月庚辰宋公和卒

禮天子曰崩諸侯曰薨大夫曰卒春秋薨魯君而卒諸侯魯史也其書來赴也其名與魯通也凡諸侯同盟名於載書朝聘會問皆以名通故卒則書名不然則否左氏曰凡諸侯同盟死則赴以名禮君薨赴於他國曰寡君不祿臣子而名其先君非禮也

冬十有二月齊侯鄭伯盟于石門癸未葬宋穆公

魯往會故書春秋以魯故卒諸侯及其葬則雖子男

稱公何也會者在外信其臣子之詞也

四年春王二月莒人伐杞取牟婁戊申衛州吁弑其君

完

衛莊公之世子完庶子州吁州吁有寵而好兵公弗

禁公卒州吁弑完而自立凡弑君稱君君無道也稱

臣臣之罪也稱君則曷為或稱人或稱國稱國以弑

大臣弑之也稱人以弑衆人弑之也稱臣則曷為或

氏或不氏不氏惡之甚也且州吁將以爲君非復臣也

夏公及宋公遇于清

禮盛曰會簡曰遇

宋公陳侯蔡人衛人伐鄭秋翬帥師會宋公陳侯蔡人衛人伐鄭

二年鄭人伐衛州吁將報之以宋公子馮之在鄭也使告于宋帥陳蔡而伐之宋公使來乞師公不義州

吁而辭焉公子翬請以師會之公弗許固請而行故不稱公子公羊穀梁曰翬之不稱公子與弒公也夫翬之伐鄭未嘗弒也且弒君而以不氏爲貶而足乎不足不若不貶之愈也

九月衛人殺州吁于濮

州吁未能和其民使石厚求定於石碏石碏教之朝陳而求覲於王厚從州吁如陳石碏告陳人圖之陳人執之而請涖於衛衛人殺之于濮稱人以殺衆詞

也言衛人皆欲殺之也州吁既為君矣其曰殺州吁何也不能君也

冬十有二月衛人立晉

衛人逆公子晉于邢而立之不言晉歸于衛而書曰衛人立晉何也言歸則晉求入也言立則人立之也世子之不言立固其所也非世子未有不立而立者也雖非其所然而衛人之所共立蓋許之也其不稱公子何也將以為君非復臣也

五年春公矢魚于棠夏四月葬衛桓公秋衛師入郕九月考仲子之宮初獻六羽

考成也諸侯不二嫡仲子不得祭於惠公之廟以桓故為之宮禮也天子八佾諸侯六大夫四士二魯以周公祭文王文王周公之廟用八諸公因之非禮也隱公問於衆仲於是初獻六羽不言佾羽而不干婦人無所事武也公羊穀梁曰初獻六羽始僭諸公也天子八佾公六諸侯四然則大夫二而士無佾矣可

乎

邾人鄭人伐宋

宋人取邾田故邾人請於鄭以伐之凡班序上下以國之大小而盟會征伐以主者先邾小而先鄭主兵也

螟冬十有二月辛巳公子彄卒宋人伐鄭圍長葛六年春鄭人來渝平

公之爲公子也與鄭人戰于狐壤止焉五年邾鄭伐

宋宋人使來告命公聞其入郛也將救之問於使者曰未及國公怒弗救故鄭人來渝平和而不盟曰平言渝棄舊怨也

夏五月辛酉公會齊侯盟于艾秋七月冬宋人取長葛

七年春王三月叔姬歸于紀

伯姬之娣待年於國不與嫡皆行也媵不書書叔姬賢之也吳無君無大夫賢季子而書吳使札來聘亦猶是也若賢不得書必貴而後書則是以位而蔑德

也小國無大夫至於接我則書是不可以廢事也位不可以廢事而獨可以廢賢乎

滕侯卒夏城中丘齊侯使其弟年來聘

凡稱弟母弟也異母則稱公子各從其親者稱之也

秋公伐邾冬天王使凡伯來聘戎伐凡伯于楚丘以歸

戎嘗朝周發幣于公卿凡伯弗賓故伐之不言獲而言以歸尊王官也穀梁曰戎者衛也戎衛者為其伐天子之使也稱衛則衛可見戎衛則衛不見而何以

爲貶乎

八年春宋公衞侯遇于垂三月鄭伯使宛來歸祊庚寅我入祊

祊者天子巡守鄭人助祭太山之邑也鄭伯曷爲以其邑與魯將以易許田也許田者魯朝宿於成周之邑也周衰天子不巡守諸侯不朝祊近魯許田近鄭是以易之天子在焉而私易田其言使宛來歸祊鄭之罪也曷爲不言以許田與鄭事未定也宛之不氏

貶之也或曰鄭大夫之未賜族者也

夏六月己亥蔡侯考父卒

蔡未通而名者葢通於惠公之世也

辛亥宿男卒

宿嘗通矣其不名失之也

秋七月庚午宋公齊侯衛侯盟于瓦屋八月葬蔡宣公

九月辛卯公及莒人盟于浮來螟冬十有二月無駭卒

九年春天王使南季來聘三月癸酉大雨震電庚辰大

雨雪挾卒夏城郎秋七月冬公會齊侯于防
十年春王二月公會齊侯鄭伯于中丘夏翬帥師會齊人鄭人伐宋六月壬戌公敗宋師于菅辛未取郜辛巳取防秋宋人衛人入鄭宋人蔡人衛人伐戴鄭伯伐取之冬十月壬午齊人鄭人入郕
十有一年春滕侯薛侯來朝夏公會鄭伯于時來秋七月壬午公及齊侯鄭伯入許冬十有一月壬辰公薨
公子翬將為公殺桓公以求大宰公不許翬懼反譖

公於桓公與之謀而弒之不書弒諱之也薨而不地隱之不忍地也不書葬不成喪也公羊穀梁曰賊不討不書葬讎在內也讎在外則何以書葬君子詞也若隱公之禍將誰討乎蓋將討乎桓公隱亡而討桓將誰使為君隱亡而討桓是重亂也故隱亡則桓君矣討君之難孰與討齊之難不討齊則葬之不討君則不葬非訓也故凡弒君不書葬不成喪也隱十年無正事不在正月也公羊曰隱不有其正穀梁曰隱

不自正亦有事在正月而不書者乎蓋未之有也未之有也不書宜矣

春秋集解卷一

欽定四庫全書

春秋集解卷二

宋　蘇轍　撰

桓公

元年春王正月公即位

繼故不書即位正也先君不以其道終子弟不忍即位也繼故而言即位是與聞乎弒也先君不以其道終已正即位之道而即位是無恩乎先君也

三月公會鄭伯于垂鄭伯以璧假許田

許田所以易祊也以祊爲未足而益之以璧耳曷爲不言易諱之也言假有歸之道焉言易則已矣凡歸未有不受者也假未有不予者也鄭伯之使宛來歸祊也書歸書入魯鄭皆罪也其以璧假許田也書假而不書予祊之謀隱公爲之矣桓因而成之非專其罪也

夏四月丁未公及鄭伯盟于越秋大水冬十月

二年春王正月戊申宋督弑其君與夷及其大夫孔父

此弒其君與殺其大夫其言及何也由弒及之也華督殺孔父而取其妻公怒督懼遂弒殤公君子以督為有無君之心而後動於惡故先書弒其君公羊曰孔父字也其不名賢也諸侯不生名死猶名之大夫生名死而名正也孔父之死何賢而字乎且方名其君而字其臣禮乎

滕子來朝

滕嘗稱侯其稱子王所黜也

三月公會齊侯陳侯鄭伯于稷以成宋亂

成平也稷之會將以平宋亂也既而受賂立華氏故書其所以會春秋之會未有書其故者也會而書其故言非其實也襄三十年諸侯之大夫會于澶淵亦書曰宋災故言諸侯始以宋災爲會既而無歸亦非其實也

夏四月取郜大鼎于宋戊申納于大廟

郜鼎華氏之賂也華氏之賂爲不可受矣而又納之

大廟甚之也

秋七月杞侯來朝蔡侯鄭伯會于鄧九月入杞公及戎盟于唐冬公至自唐

凡公行反而告廟則書不然則否特相會往來稱地自參以上則往稱地來稱會會衆詞也一出而二事則或致其前或致其後致其重者也隱公之不至何也將不終為君不以告也

三年春正月公會齊侯于嬴夏齊侯衛侯胥命于蒲

胥命者約言而不盟也有以相命故不可以言會未嘗歃血故不可以言盟

六月公會杞侯于郕秋七月壬辰朔日有食之既公子翬如齊逆女九月齊侯送姜氏于讙公會齊侯于讙夫人姜氏至自齊冬齊侯使其弟年來聘有年

四年春正月公狩于郎夏天王使宰渠伯糾來聘

五年春正月甲戌己丑陳侯鮑卒夏齊侯鄭伯如紀天王使仍叔之子來聘葬陳桓公城祝丘秋蔡人衛人陳

人從王伐鄭

鄭世為周卿士王貳於虢故周鄭交惡王以諸侯伐鄭不言王及蔡人衛人陳人伐鄭君臣之詞也不言王以蔡人衛人陳人伐鄭諸侯之師王之所得用也於是鄭人及王戰于繻葛大敗王師射王中肩不言戰王者無敵莫敢與之戰也不言敗諱之也

大雩

旱也得雨曰雩不得雨曰旱曷為以大言之雩上帝

也天子雩于上帝諸侯雩于山川百神魯以周公得祭上帝謂之大雩言大於諸侯也左氏曰凡祀啓蟄而郊龍見而雩始殺而嘗閉蟄而烝過則書秋大雩書不時也夫龍見而雩常祀也旱雩而以常祀言之失之矣

螽冬州公如曹

六年春正月寔來夏四月公會紀侯于成秋八月壬午大閱蔡人殺陳佗九月丁卯子同生

子同桓之適長也以太子生之禮舉之故書公羊曰喜有正也喜有正所以病桓也然則非病桓將不書乎穀梁曰疑故志之然則非疑將不志乎

冬紀侯來朝

七年春二月己亥焚咸丘夏穀伯綏來朝鄧侯吾離來朝

八年春正月己卯烝天王使家父來聘夏五月丁丑烝秋伐邾冬十月雨雪祭公來遂逆王后于紀

祭公王之三公也王將逆后于紀而使魯主之故祭
公自魯如紀不稱使謀昏也遂繼事之詞也大夫出
疆有以二事出者有以一事出而專繼事者其書皆
曰遂得失則視其實而已祭公自魯逆王后公子遂
如周及晉皆以二事出者也公子結媵而及齊宋盟
專繼事者也女在國稱女此其稱王后何也王者無
外命之則成矣

九年春紀季姜歸于京師

劉夏逆王后于齊不書其歸此何以書魯為之主也
既曰王后矣此其稱紀季姜何也自紀稱之也父母
之於子雖有天子后猶曰吾季姜
夏四月秋七月冬曹伯使其世子射姑來朝
諸侯相朝正也有故而使世子攝事畏大國也蓋禮
之變也
十年春王正月庚申曹伯終生卒夏五月葬曹桓公秋
公會衛侯于桃丘弗遇

衛侯與公為會於桃丘既而背之與齊鄭來戰故書

曰弗遇過在衛也

冬十有二月丙午齊侯衛侯鄭伯來戰于郎

六年北戎伐齊鄭太子忽救齊大敗戎師於是諸侯

之大夫戍齊齊人餼之使魯為之班魯以周班後鄭

鄭忽以其有功也怒故以齊衛來戰于郎不稱侵伐

而稱來戰無詞也鄭雖主兵而先書齊衛猶以周班

正之也

十有一年春正月齊人衛人鄭人盟于惡曹夏五月癸未鄭伯寤生卒秋七月葬鄭莊公九月宋人執鄭祭仲突歸于鄭鄭忽出奔衛

祭仲有寵於鄭莊公為公娶鄧曼生忽故祭仲立之宋雍氏女於鄭莊公曰雍姞生突雍氏有寵於宋莊公故誘祭仲而執之曰不立突將死祭仲與宋人盟以突歸而立之書曰宋人執鄭祭仲而繼之以突之入與忽之出仲以出君易死罪之也突之不稱公子

何也將以為君非復臣也其曰歸于鄭何也凡反其

國無難曰歸有難曰入無難而內不喜曰復歸有難

而內不喜曰復入復者厭之之詞也突從祭仲以歸

于鄭則無難矣鄭忽未逾年之君也未逾年之君稱

子不稱子何也不能君也忽之為太子也齊侯將妻

之忽辭人問其故忽曰自求多福在我而已大國何

為及其敗戎師也齊侯又請妻之固辭或問之曰無

事於齊吾猶不敢而况以師昏乎故其立也國人不

附大國不援以至於出奔蓋未嘗君也故不稱子公羊曰祭仲何以不名賢其知權也忽何以名春秋伯子男一也詞無所貶夫以出君為知權亂之道也故祭仲名也非字也且方名二君而可以字其臣乎嫡子稱子禰先君也庶子不得稱子不敢禰先君也非伯子男之謂也且雖伯子男其可一乎

柔會宋公陳侯蔡叔盟于折公會宋公于夫鍾冬十有二月公會宋公于闞

十有二年春正月夏六月壬寅公會杞侯莒子盟于曲池秋七月丁亥公會宋公燕人盟于穀丘八月壬辰陳侯躍卒公會宋公于虛冬十有一月公會宋公于龜丙戌公會鄭伯盟于武父

鄭伯突也突簒其兄而立春秋以君許之何也諸侯雖以簒得苟能和其民而親諸侯内外君之則以君書之不沒其實也雖君而實簒雖簒而實君皆因其實而已不然則否不能君也衛州吁陳佗是也

丙戌衛侯晉卒十有二月及鄭師伐宋丁未戰于宋

宋多責賂於鄭公五為會以平之宋公不可故與鄭師伐宋伐而言戰伐而又戰也不言及宋人戰何也以國地則及宋人戰也

十有三年春二月公會紀侯鄭伯己巳及齊侯宋公衛侯燕人戰齊師宋師衛師燕師敗績

此戰猶以鄭故也先言會而後言日既會而後戰會戰異日也不言所戰後也衛宣公未葬其子出會諸

侯非禮也燕戰則稱人敗則稱師何也與齊宋序戰

皆稱爵敗皆稱衆也

三月葬衛宣公夏大水秋七月冬十月

十有四年春正月公會鄭伯于曹無冰夏五鄭伯使其

弟語來盟

凡外大夫來盟於魯內大夫涖盟於他國皆盟其君

也大夫而盟其君禮乎禮諸侯不親盟於他國大夫

即盟於他國非敵君也雖盟其君可也

秋八月壬申御廩災乙亥嘗

御廩者粢盛之所藏也壬申災而乙亥嘗書不害也然而周之八月非嘗之時也公羊曰御廩災不如勿嘗而已矣災而為害則不嘗若災而不害而可以勿嘗乎事之不可以意推者當從史左氏史也

冬十有二月丁巳齊侯祿父卒宋人以齊人蔡人衛人陳人伐鄭

凡師能左右之曰以齊桓晉文之用諸侯不言以何

也公用之也諸侯而用諸侯則言以私用之也用之以公則人自用也用之以私則我用之也

十有五年春二月天王使家父來求車三月乙未天王崩夏四月己巳葬齊僖公五月鄭伯突出奔蔡

諸侯不生名突之名失地也突將殺祭仲不克而出諸侯之出奔必有出之者矣言其出不言其出之者何也君實有國而出於臣臣雖有罪而君至於失國自取之也然則弑君何以稱臣弑君之罪重於出君也

鄭世子忽復歸于鄭

忽嘗為君矣其出也稱鄭忽其復歸也稱鄭世子忽何也於其出言其不能君也於其復歸言其所恃以反國者惟世子也舍是無足以歸者矣突既出則忽之歸無難矣然而鄭人之所不喜也

許叔入于許

鄭莊公之入許也使許大夫百里奉許叔以居許東偏使其大夫公孫獲居許西偏許叔因鄭亂以入於

許猶有鄭難焉故曰入叔之不稱公子將爲君也不
名而字無與爭國者也凡將君而非爭者皆字許叔
蔡季是也
公會齊侯于艾邾人年人葛人來朝秋九月鄭伯突入
于櫟
稱入忽在内難之也公羊曰何以不言忽之出奔忽
之爲君微也祭仲存則存矣祭仲亡則亡矣夫突入
于櫟未入于鄭忽未嘗奔也而何以書之

冬十有一月公會宋公衞侯陳侯于袲伐鄭

地而後伐既會而後伐也穀梁曰疑詞也非其疑也

蓋以為伐突以正忽也夫突在櫟不在鄭伐鄭非伐

突也乃所以救突也公羊穀梁之妄若是者衆矣不

可勝非也故各非其一而已

十有六年春正月公會宋公蔡侯衞侯于曹夏四月公

會宋公衞侯陳侯蔡侯伐鄭秋七月公至自伐鄭冬城

向十有一月衞侯朔出奔齊

衛宣公烝於夷姜生伋子屬之右公子為之娶於齊而宣公取之生壽及朔屬壽於左公子宣姜與朔構伋子使齊盜殺之并及壽子故二公子怨惠公而立公子黔年惠公出奔

十有七年春正月丙辰公會齊侯紀侯盟于黄二月丙午公會邾儀父盟于趡夏五月丙午及齊師戰于奚六月丁丑蔡侯封人卒秋八月蔡季自陳歸于蔡

季之不稱公子將為君也不名而字無與爭國者也

自陳陳奉之也

癸巳葬蔡桓侯

葬未有不稱公者此其稱侯何也傳失之也或曰周衰諸侯不請謚於天子故葬則稱公蔡桓之稱侯請之天子也夫諸侯既没不請於天子而稱公非禮也然則魯君生而稱公諸侯之大夫皆稱公子亦非禮乎臣子之於君極其尊而稱之禮也諸侯葬而魯往會從其臣子而稱公亦可謂禮矣

及宋人衛人伐邾冬十月朔日有食之

十有八年春王正月公會齊侯于濼公與夫人姜氏遂如齊

非禮也濼之會公實與姜氏行其不言公與夫人姜氏會齊侯于濼夫人不會也穀梁曰夫人伉也夫人雖伉而與於會可以不書乎雖不伉而不與於會其可書乎其不言及何也及上下之詞也與不相屬也所以惡夫人也

夏四月丙子公薨于齊

齊侯通於姜氏使彭生戕公不言戕諱之也公薨不地故也此其言齊何也在外不可不言也

丁酉公之喪至自齊秋七月冬十有二月巳丑葬我君桓公

春秋集解卷二

春秋集解卷三

宋 蘇轍 撰

莊公

元年春王正月

不書即位繼故也左氏曰文姜出故也文姜之出孰與桓公之薨且出在三月舍其大而言其細失之矣

三月夫人孫于齊

桓公之薨夫人與聞焉魯人責之故出奔不言奔諱

之也不稱姜氏以為夫人之義絶不為親禮也或曰
所以貶之也
夏單伯送王姬
單伯天子之卿也天子嫁女於諸侯必使諸侯同姓
者主之王將嫁女於齊故使魯主之而單伯送之單
伯不稱使何也外大夫使於魯則稱使詳之也於他
國則否略之也單伯之女為齊行也故不稱使公羊
穀梁曰此送王姬也然則單伯為魯大夫矣魯無單

伯天子之世卿也且魯大夫必名使魯主之則周人
送之齊人逆之足矣魯人何為逆之哉
秋築王姬之館于外冬十月乙亥陳侯林卒王使榮叔
來錫桓公命
錫命者命之以策也衛襄公之沒也王使成簡公追
命之曰叔父陟恪在我先王之左右以佐事上帝予
敢忘高圉亞圉不稱天王闕文也
王姬歸于齊

自我歸之也不言齊之來逆館之于外弗與接也

齊師遷紀郱鄑郚

二年春王二月葬陳莊公夏公子慶父帥師伐於餘丘

秋七月齊王姬卒冬十有二月夫人姜氏會齊侯于禚

乙酉宋公馮卒

三年春王正月溺會齊師伐衛夏四月葬宋莊公五月

葬桓王秋紀季以酅入于齊

紀季紀侯之弟也齊方無道其欲滅紀久矣紀非齊

之敵也天子莫之治諸侯莫之救紀侯内則不能下齊外則不忍抗齊以殘其民將棄國而去故以鄫與季使為附庸以無廢先祀故書曰紀季以鄫入于齊言非叛也季之不名附庸之君且喜之也

冬公次于滑

四年春王二月夫人姜氏享齊侯于祝丘三月紀伯姬卒夏齊侯陳侯鄭伯遇于垂

鄭伯鄭子儀也桓十五年五月書鄭伯突出奔蔡鄭

世子忽復歸于鄭九月書鄭伯突入于櫟十七年高渠彌殺忽而立子亹十八年齊襄公殺子亹鄭人立子儀莊十四年突使傅瑕殺子儀而入則遇于垂者子儀也然則鄭有二君矣可乎春秋有一國而二君者鄭突與儀衛衎與剽是也突衎始終爲君儀之君鄭十有四年剽之君衛十有一年皆既能君者也故春秋因其實而君之然則孰與曰皆不與也突之入也以篡衎之出也以惡儀剽雖國人之所立而突衎

在焉非所以為安也故四人春秋莫適與也皆不沒其實而已君子不幸而處於此如子臧季札可也不如是則亂不止昔者孔子之門人疑孔子之為衛輒也子貢入問之曰伯夷叔齊何人也曰古之賢人也曰怨乎曰求仁而得仁又何怨出曰夫子不為也故曰君子不幸而處於此如子臧季札可也

紀侯大去其國

大去者不反之詞也以國與季季奉社稷故不言滅

不見迫逐故不言奔雖失地之君而原其行事則周亹父也故賢之而不名公羊曰何以不言滅爲齊襄諱也春秋爲賢者諱何賢乎襄公復讎也齊哀公亨於周紀侯譖之於是九世矣世蓋有復九世之讎者乎且襄公非志於復讎者也雖或以是爲名春秋從而信之可乎

六月乙丑齊侯葬紀伯姬

内女不書葬此何以書齊以告也齊侯取其國而葬

其夫人取之則有罪而葬之則禮也

秋七月冬公及齊人狩于禚

公忘齊之讎而越境以與其人狩非禮甚矣或曰齊人齊侯也不言齊侯為公諱也

五年春王正月夏夫人姜氏如齊師秋郳黎來來朝冬公會齊人宋人陳人蔡人伐衛

伐衛所以納朔也不言納朔之入故也朔以殺二兄為罪而諸侯納之言納則罪在納者而入者幸

矣言入則罪在入者而納者亦未免也成十八年楚子鄭伯伐宋宋魚石復入于彭城言復入而不言納亦猶是也

六年春王正月王人子突救衛夏六月衛侯朔入于衛

朔之入猶有黔牟在焉故稱入

秋公至自伐衛

公及諸侯伐衛以納朔王人救衛不勝諸侯朔遂得入朔入而公至雖不言納而公之罪亦明矣

嬪冬齊人來歸衛俘

七年春夫人姜氏會齊侯于防夏四月辛卯夜恒星不見夜中星隕如雨

恒星不見夜明也星隕如雨衆也左氏以為與雨偕公羊以為雨星不及地尺而復按歷代天文志記衆星同隕者以為星隕如雨蓋無足怪也

秋大水無麥苗

是時麥熟五稼苗而未秀皆為水所害也

冬夫人姜氏會齊侯于穀

八年春王正月師次于郎以俟陳人蔡人甲午治兵夏師及齊師圍郕郕降于齊師秋師還冬十有一月癸未齊無知弒其君諸兒

齊僖公母弟夷仲年生公孫無知有寵於僖公衣服禮秩如適襄公絀之故作亂不稱公孫將為君也凡弒君稱君君無道也然春秋所書無道而稱臣者六齊諸兒雖無道而無知以其私弒之故稱無知晉夷

皐楚虔雖無道而趙盾公子比疑於無罪故稱盾及比陳平國蔡固雖無道而罪不加於國人故稱徵舒及般齊光雖無道而崔杼之惡甚於光故稱杼言各有所當巳不必同也

九年春齊人殺無知

齊雍廪殺無知而稱人以殺言齊人皆欲殺之也不稱君不能君也

公及齊大夫盟于蔇夏公伐齊納子糾齊小白入于齊

凡當立者不言納與入如宋襄公之納齊孝公言伐
而已不言納與入也言納與入非當立者也子糾小
白皆齊襄公之庶弟而爭國故子糾言納而小白言
入糾之言納而不言入納而未得入也小白之言入
自入也不言歸子糾難之也不稱公子皆將為君也
秋七月丁酉葬齊襄公八月庚申及齊師戰于乾時我
師敗績九月齊人取子糾殺之
子糾之死魯殺之也鮑叔謂魯子糾親也請君討之

管召讎也請受而甘心焉乃殺子糾于生竇召忽死之管仲請囚其曰齊人取子糾殺之何也不予齊人之使魯殺其親也故使齊其尸之且曰有國而不能庇一人亦所以病魯也公羊曰稱子糾宜爲君也或因公羊而益之曰此殺未踰年之君也夫子糾小白皆以庶弟爭國未知孰宜爲君也未知孰宜爲君納而未得入而以爲未踰年之君也可乎

冬浚洙

十年春王正月公敗齊師于長勺二月公侵宋三月宋人遷宿

凡諸侯遷國自遷曰某遷于某人遷而有之曰某人遷某猶以為附庸也故不言滅

夏六月齊師宋師次于郎公敗宋師于乗丘秋九月荆敗蔡師于莘以蔡侯獻舞歸

荆楚之舊號也不稱荆人夷也獻舞之名失地也凡獲諸侯不言獲而言以歸尊之也

冬十月齊師滅譚譚子奔莒

凡諸侯滅同姓名其非同姓君行則稱君臣行則稱臣滅人之國其罪均也而其實不可不别譚子之不名未通也不言出奔國滅無所出

十有一年春王正月夏五月戊寅公敗宋師于鄑秋宋大水冬王姬歸于齊

十有二年春王三月紀叔姬歸于酅

叔姬始以媵歸紀紀侯去國無歸而叔姬歸魯及紀

季自定於齊而後歸鄫善其得禮故書稱紀叔姬明
非嫁也歸魯不書非寧且非出也
夏四月秋八月甲午宋萬弑其君捷及其大夫仇牧冬
十月宋萬出奔陳
十有三年春齊侯宋人陳人蔡人邾人會于北杏
齊桓始合諸侯以平宋亂自是遂得諸侯故四國皆
稱人言衆與之也僖二十八年晉文公與齊宋秦敗
楚于城濮三國皆稱師蓋春秋之書始得諸侯者好

會則稱人兵會則稱師以示衆與之也至襄八年晉

悼公會諸侯之大夫于邢丘改命朝聘之數儉而有

節則大夫亦皆稱人葢亦衆與之耳

夏六月齊人滅遂

討其不會于北杏也

秋七月冬公會齊侯盟于柯

始及齊平也公羊於此言曹沫手劒劫桓公以求汶

陽之田管仲許之要盟可犯而桓公不欺曹子可讎

而桓公不怨桓公之信由此著乎天下予以為此春
秋之後好事者之浮説而非其實也齊魯之怨不在
桓公曹沬無以發其怒一也使曹沬誠以劫得盟如
華元子反則春秋要盟不書楚宋之盟書曰宋人及
楚人平而不書盟今書公會齊侯盟于柯二也故公
羊不足信也魯仲連稱曹子為魯將三戰三北失地
五百里及桓公會諸侯曹子以一劍之任枝桓公之
心於壇坫之上三戰所亡一朝而復案長勺之戰莊

公始用曹沫以敗齊自是魯未嘗敗安得所謂三戰
三敗而兵劫桓公求侵地者乎故仲連亦不足信也
十有四年春齊人陳人曹人伐宋夏單伯會伐宋
齊將伐宋請師于周假王命而行故單伯會之書曰
單伯會伐宋後也凡天子之大夫出會諸侯不繫之
王尊與諸侯比也王人而後繫之王微以王為重也
秋七月荆入蔡冬單伯會齊侯宋公衛侯鄭伯于鄄
宋服也天子之大夫與於會盟而魯不在則書之如

魯大夫內之也

十有五年春齊侯宋公陳侯衛侯鄭伯會于鄄

自春秋以來陳序衛下齊桓始霸楚亦始强陳介於二大國而為三恪首故桓因而進之遂終春秋

夏夫人姜氏如齊

禮夫人父母在則歸寧沒則使大夫歸寧兄弟文姜之於齊桓兄弟也親行非禮也

秋宋人齊人邾人伐郳

郳宋之附庸而叛宋諸侯為宋伐之故以宋人主兵

鄭人侵宋冬十月

十有六年春王正月夏宋人齊人衛人伐鄭

討其侵宋故以宋人主兵

秋荆伐鄭冬十有二月會齊侯宋公陳侯衛侯鄭伯許

男滑伯滕子同盟于幽

會而不書其人内之微者也盟未有不同者也此其

曰同盟何也有不同者服也於是鄭始聽命穀梁曰

不言公疑與鱹盟也柯之會公既與齊盟矣何獨至
於幽而疑之鱹雖不可與通而襄公亡矣桓公之霸
不從則國病為國故許之也
郳子克卒
十有七年春齊人執鄭詹
鄭既受盟而不朝齊詹鄭之執政也故齊人執之不
氏未賜族也凡執大夫稱人何也諸侯之尊執一大
夫得失未可以斥之也稱行人非其罪也不稱行人

罪之也

夏齊人殲于遂

齊人滅遂而戍之不戒遂因氏頜氏工婁氏須遂氏饗齊戍醉而殺之書齊人殲于遂自取之也春秋之書敗亡其自取者三齊人殲于遂梁亡王師敗績于茅戎以為其所以自處者固敗亡之道而非敵之罪

秋鄭詹自齊逃來

詹之義當以身受齊責以紓國患而逃遁自免故不

書來奔而書迯來賤之也

冬多麋

十有八年春王三月日有食之夏公追戎于濟西

不言戎之侵何也未及侵而追之追之而去兵未嘗交也

秋有蜮

蜮短狐也含沙射人生於南方魯之所無凡稱有皆所無也

冬十月

十有九年春王正月夏四月秋公子結媵陳人之婦于鄄遂及齊侯宋公盟

媵不書以遂事故書其曰陳人之婦略言之也大夫受命以出共命而不敢專政也有可以安國家利社稷不得已而專之可也非利而專之則是擅命者不稱公子翬之伐鄭伐宋是也結雖擅命而稱公子蓋許之也

夫人姜氏如莒

莒非父母之國而往姦也

冬齊人宋人陳人伐我西鄙

二十年春王二月夫人姜氏如莒夏齊大災秋七月冬

齊人伐戎

二十有一年春王正月夏五月辛酉鄭伯突卒秋七月

戊戌夫人姜氏薨冬十有二月葬鄭厲公

二十有二年春王正月肆大眚

肆釋也眚過也書曰眚災肆赦非常事故書

癸丑葬我小君文姜

文姜之惡甚矣而覺葬盡禮春秋無異辭焉何也君雖不君臣不可以不臣父雖不父子不可以不子子為父隱道在其中矣而文姜之惡何損焉

陳人殺其公子御寇

凡殺其臣惟世子母弟稱君以為人君之尊殺一大夫得失未可以斥之也故稱人以殺殺有罪也以為

國人殺之也稱國以殺殺無罪也以為國君殺之也其曰殺其大夫云者雖殺有罪猶以殺大夫為惡也殺其公子則又甚矣凡殺大夫皆稱名大夫生名殺而名之正也殺而不名賢之也

夏五月秋七月丙申及齊高傒盟于防冬公如齊納幣

二十有三年春公至自齊祭叔來聘

祭叔祭公之屬也祭公天子之卿士不正其外交故不言使也

夏公如齊觀社公至自齊荆人來聘

荆之稱人以其來聘特書也不曰荆子使某來聘未列於中國也

公及齊侯遇于穀蕭叔朝公

蕭叔附庸之君未王命者不言來公在外也禮朝聘於廟於外非禮也

秋丹桓宫楹

公將娶於齊故丹桓宫之楹刻桓宫之桷以誇示齊

女非禮也不言新宫久也

冬十有一月曹伯射姑卒十有二月甲寅公會齊侯盟于扈

二十有四年春王三月刻桓宫桷葬曹莊公夏公如齊逆女

親迎禮也穀梁曰親迎常事此其志何也不正其親迎於齊也夫常事不志歲事之常也親迎可以常乎親迎而不志則踰年即位可以不志矣

秋公至自齊八月丁丑夫人姜氏入

公不與夫人皆至夫人不從公而自入失夫婦之正也

戊寅大夫宗婦覿用幣

大夫執贄以見夫人禮也公將以侈夸之故使大夫及宗婦皆見且皆用幣用者不宜用者也男贄大者玉帛小者禽鳥女贄不過榛栗棗脩

大水冬戎侵曹曹羈出奔陳

羈曹莊公世子既葬而不稱爵不能君也公羊曰羈曹大夫也曹無大夫羈之書三諫而去賢之也以爲曹無大夫則二十六年曹殺其大夫何也以爲有大夫乎則賢羈而不氏何也故曹羈者曹之世子而非大夫也

赤歸于曹

赤曹公子歸爲君者也羈出則赤歸無難矣

郭公

闕文也公羊穀梁曰郭公赤也失國而歸于曹也使郭公失國而歸于曹將書曰郭公赤出奔曹先書赤歸于曹而繼之以郭公非詞也

二十有五年春陳侯使女叔來聘

陳自是通好於魯故嘉之不名

夏五月癸丑衛侯朔卒六月辛未朔日有食之鼓用牲于社

禮日食則天子不舉伐鼓于社諸侯用幣于社伐鼓

于朝故書曰乃季秋月朔辰弗集于房瞽奏鼓嗇夫馳庶人走今魯鼓而用牲于社皆非禮也

伯姬歸于杞

不書杞來逆女逆者非卿非禮也

秋大水鼓用牲于社于門

亦非禮也凡天災有幣無牲非日月之眚不鼓

冬公子友如陳

魯大夫出朝聘曰如何也禮成在外未可必於我也

公子友莊公之母弟也其不稱弟何也母弟之親於其相殺及奔則正之其餘則否非義之所在也

二十有六年春公伐戎夏公至自伐戎曹殺其大夫

稱國以殺而大夫不名殺無罪也公羊曰大夫之不名衆也晉殺其大夫郤錡郤犨郤至亦衆矣而名之何也

秋公會宋人齊人伐徐冬十有二月癸亥朔日有食之

二十有七年春公會杞伯姬于洮

非禮也天子非展義不廵守諸侯非民事不舉卿非

君命不越境

夏六月公會齊侯宋公陳侯鄭伯同盟于幽秋公子友

如陳葬原仲

原仲季友之舊也越境而葬其舊非禮也原仲之字

大夫既没不名也

冬杞伯姬來莒慶來逆叔姬杞伯來朝公會齊侯于城

濮

二十有八年春王三月甲寅齊人伐衛衛人及齊人戰衛人敗績

十九年王子頽作亂不克奔衛衛師燕師伐周立子頽二十七年王使召伯廖賜齊侯命且請伐衛於是齊侯伐衛敗之取賂而還書齊人以賂故賤之也書衛人及齊人戰罪其不服也不地戰於衛也伐不言日伐不以日成也此其稱甲寅何也戰之日也

夏四月丁未邾子瑣卒秋荆伐鄭公會齊人宋人救鄭

冬築郿大無麥禾

書於冬者五穀畢入計食不足而後書也是歲未嘗有水旱螟螽之災而書大無麥禾何也劉向春秋說曰土氣不養稼穡不成也沈約宋志言吳孫晧時嘗有之苗稼豐美而實不成百姓以饑闔境皆然連歲不已此則所謂大無麥禾也

臧孫辰告糴于齊

大夫出聘於諸侯曰如而不曰聘不必其成禮也告

糴之不言如何也告者在我雖不得糴猶告也凶年告糴急民病也

二十有九年春新延廏

因舊曰新改舊曰新作新作則書新不書此何以書凶年不新可也凡馬日中而出日中而入因其出而新之不若因其入而新之也

夏鄭人侵許秋有蜚冬十有二月紀叔姬卒

紀雖滅而叔姬守義于酅故繫之紀賢而錄其卒葬

城諸及防

三十年春王正月夏次于成

齊將降鄣故出兵以備之將卑師少故言次

秋七月齊人降鄣

鄣紀之附庸也齊人力降之復爲附庸故不言滅紀

已入齊鄣無所附故不言取

八月癸亥葬紀叔姬九月庚午朔日有食之鼓用牲于社冬公及齊侯遇于魯濟齊人伐山戎

三十有一年春築臺于郎夏四月薛伯卒築臺于薛六
月齊侯來獻戎捷
非禮也凡諸侯有四夷之功則獻于王王以警于夷
中國則否諸侯不相遺俘而況親獻之乎
秋築臺于秦
郎薛秦皆地也一歲而三築臺譏其勤民而傷財也
冬不雨
凡不雨甚則曰大旱甚而歷時則首月必書

三十有二年春城小穀

小穀管仲之邑也魯人德齊桓而爲管仲城邑非常法也然而管仲之功加於天下義之所許也凡城諸侯城其國曰城某國城其邑曰城某邑邑有常處不待國别而知也

夏宋公齊侯遇于梁丘

齊桓爲楚之伐鄭也請會於諸侯宋公請先見齊侯故書先宋

秋七月癸巳公子牙卒

莊公世子般公弟慶父叔牙季友公疾問後於叔牙牙欲立慶父問於季友季友請以死奉般於是以君命酖叔牙曰飲此則有後於魯不然死且無後牙飲之而卒立叔孫氏叔牙將為亂而未成季友因其未成也誅之而不名其罪且不廢其後兄弟之恩君臣之義至矣故從而書之曰公子牙卒以為得其道也

八月癸亥公薨于路寢

公薨必地詳凶變也薨於路寢得正也

冬十月己未子般卒

慶父使圉人犖賊子般于黨氏書曰子般卒諱之也其名莊未葬也不書葬未逾年之君也有子則廟廟則書葬無子不廟不廟則不書葬

公子慶父如齊

慶父既賊子般而奔齊其曰如何也書奔是名慶父之罪也書如則未名慶父之罪也名慶父之罪必誅

之而後可以兄弟之故因其出奔而緩之且為之諱親親之義也公子牙今將耳季子不免慶父弑君何故不誅將而不免遏惡也既而不可及緩追逸賊親親之至也

狄伐邢

春秋集解卷三

欽定四庫全書

春秋集解卷四

宋　蘇轍　撰

閔公

元年春王正月

閔公子般之庶弟不言即位繼故也親之非父也尊之非君也繼之如君父也者受國焉耳

齊人救邢夏六月辛酉葬我君莊公秋八月公及齊侯盟于落姑季子來歸

慶父之賊子般也季友奔陳君幼國亂魯人思其賢請於齊侯而復之齊侯使召諸陳公次于郎以待之蓋魯大夫之出未有言其至者也書曰季子來歸喜之也不書其出子般之難力不能禁爲之諱之也

冬齊仲孫來

齊仲孫湫來省難歸曰不去慶父魯難未已桓公曰若之何而去之曰難不已將自斃君其待之公曰魯可取乎對曰猶秉周禮未可動也故書曰齊仲孫來

存魯亡魯制在仲孫非齊侯之所使也不書其名嘉之也其言來非盟且非聘也公羊穀梁曰齊仲孫者公子慶父也謂之齊仲孫外之也魯慶父而謂之齊仲孫春秋豈嘗然乎

二年春王正月齊人遷陽夏五月乙酉吉禘于莊公

禘吉祭也禮三年之喪畢而禘于太廟以正昭穆今未三年而用吉禮以禘于莊廟故書曰吉禘于莊公不稱莊宫何也用其禮物以祭莊公而不及羣廟也

秋八月辛丑公薨

慶父使卜齮賊公于武闈故書公薨而不地不書葬不成喪也

九月夫人姜氏孫于邾

夫人通於慶父欲立之閔公之薨夫人與知之故出奔不言奔諱之也

公子慶父出奔莒

慶父之賊子般而奔齊也書曰公子慶父如齊其弑

閔公而奔莒也書曰公子慶父出奔莒何也方其賊般而奔齊也君臣之義當誅矣季子推兄弟之恩因其出奔而緩之可也及其復弒閔公也雖欲以兄弟置之不可得矣故正其罪而書出奔於是季友以賂求慶父於莒而殺之然而春秋不書刺公子慶父何也季子以兄弟故殺之於隱不名其罪也然則叔牙之死也曰公子牙卒而慶父不卒何也牙之罪不見故可以言卒也慶父之罪見於出奔矣不可復卒也

蓋莊閔之際禍發於兄弟季子處之義行於不得已而恩施於不可復加春秋蓋善之也

冬齊高子來盟

此齊高傒也其盟平魯亂也不言使不書其名猶仲孫也

十有二月狄入衛鄭棄其師

鄭文公惡高克之為人使將兵而禦狄于河上久而不召師潰而歸高克奔陳鄭之所惡者高克也而并

不反其衆則是棄其師也

春秋集解卷四

欽定四庫全書薈要卷一千三百三 經部

春秋集解卷五

宋 蘇轍 撰

僖公

元年春王正月齊師宋師曹師次于聶北救邢夏六月邢遷于夷儀

諸侯救邢邢人潰出奔師師遂逐狄人具邢器用而遷之師無私焉故書曰邢遷于夷儀言自遷也

齊師宋師曹師城邢

城邢之師則救邢之師也何以復序善城邢也

秋七月戊辰夫人姜氏薨于夷齊人以歸

夫人薨不地在外則地哀姜孫于邾齊人取而殺之于夷以其尸歸不言殺諱之也君子以齊人之殺哀姜爲已甚矣女子從人者也雖其有罪非齊之所治也

楚人伐鄭

荆自此改號曰楚交通中國春秋始以人書之然猶

君臣同辭凡書其君臣者皆特書也

八月公會齊侯宋公鄭伯曹伯邾人于檉九月公敗邾師于偃冬十月壬午公子友帥師敗莒師于酈獲莒挐

莒人責慶父之賂季友敗之而獲莒子之弟挐特書喜之也凡徒執曰執兵執曰獲諸侯戰而死曰滅生曰獲大夫生死皆曰獲

十有二月丁巳夫人氏之喪至自齊

齊人殺哀姜而以其尸歸絶之於魯僖公請而葬之

不稱姜氏何也文姜之孫也不稱姜氏以為義當絕齊也哀姜之死齊既自絕之矣是以不稱姜也然則曷為不於其薨塟焉去之薨塟盡禮雖欲去之而不可得故於其至焉去之也

二年春王正月城楚丘

狄之入衛也衛之遺民男女七百三十人益之以共滕之民立戴公以廬于漕桓公使公子無虧戍之歸公祭服乘馬凡為國之用戴公卒文公立桓公於是

帥諸侯城楚丘而封之不言諸侯魯後至不及序也

不言城衛衛未遷也

夏五月辛巳葬我小君哀姜虞師晉師滅下陽

晉侯以屈產之乘與垂棘之璧請假道於虞以伐虢

虞公許之宫之奇諫不聽遂滅夏陽晉主兵而先書

虞賄故也夏陽虢之邑也非國而曰滅夏陽滅而虢

亡也五年晉遂滅虢因以滅虞則其滅虢也無難矣

故於夏陽以滅言之而五年不書滅虢蓋歸罪於虞

也

秋九月齊侯宋公江人黄人盟于貫冬十月不雨楚人侵鄭

三年春王正月不雨夏四月不雨

僖公憂民勤雨故每於首月必書不雨

徐人取舒

舒附庸之國也徐取之以自屬故不言滅春秋書徐皆不稱人以其夷故也稱徐人羡文也

六月雨秋齊侯宋公江人黄人會于陽穀冬公子友如

齊涖盟楚人伐鄭

四年春王正月公會齊侯宋公陳侯衛侯鄭伯許男曹

伯侵蔡蔡潰遂伐楚次于陘

二年楚人侵鄭三年楚人伐鄭齊桓公會諸侯于陽

穀為鄭謀楚將以諸侯伐之而未行桓公與蔡姬乘

舟于囿蕩公公懼禁之不可公怒歸之而未絶也蔡

人嫁之至是因諸侯之師以侵蔡蔡潰遂伐楚責包

茅之不入故蔡曰侵楚曰伐然蔡小國也以齊侵之不待諸侯諸侯之師實為楚動而春秋書其迹先侵蔡而後伐楚若以蔡故勤諸侯言私欲之害也凡民逊其上曰潰在上曰逊楚人方强齊將綏之以徳故次于陘以待之既而楚屈完來求盟因而許之雖有諸侯之衆而不用盖伯者之師求以服人而已非若後世必以戰勝為功也二十八年晉楚戰于城濮晉文公退三舍避楚楚成得臣從之不已而後戰方其

退三舍而楚還則文公亦將不戰矣由此觀之桓文之
於用兵皆求服人而不求必勝也
夏許男新臣卒
卒于師也不言卒于師師未訖事也曹伯廬之卒于
會也書曰卒師訖事也穀梁曰諸侯死于國不地死
于外地死于師而不地内桓師也雖内桓師使既訖
事不可不地也
楚屈完來盟于師盟于召陵

屈完楚大夫也楚子使完如師以觀齊完見齊之盛因而求盟故不稱使書曰楚屈完來盟于師制在完也於是齊桓退舍以禮楚故復書曰盟于召陵言非陘也

齊人執陳轅濤塗

齊師之退也濤塗不欲其道於陳與鄭申侯謀而告於齊侯請出於東方觀兵於東夷循海而歸齊侯許之申侯見曰師老矣若出於東方而遇敵懼不可用

也若出於陳鄭之間共其資糧扉屨其可也齊侯悅
與之虎牢而執濤塗書曰齊人執轅濤塗執有罪也
秋及江人黄人伐陳八月公至自伐楚葬許穆公冬十
有二月公孫慈帥師會齊人宋人衛人鄭人許人曹人
侵陳
伐陳侵陳皆討濤塗之不忠也前曰伐當其罪也後
曰侵已甚也
五年春晉侯殺其世子申生

晉侯之嬖曰驪姬生奚齊將立之故殺其世子申生父子兄弟人之大倫也而至於相殺則人倫廢矣故凡殺世子母弟必稱其君且世子母弟之親非君殺之無能殺之者矣是以責之君也

杞伯姬來朝其子

僖公之母成風在焉則伯姬歸寧禮也諸侯之子代父而朝禮之變也弱而從其母以朝非禮也

夏公孫茲如年公及齊侯宋公陳侯衛侯鄭伯許男曹

伯會王世子于首止

惠王世子鄭也王以惠后故將廢鄭而立帶故齊桓帥諸侯而會之以定其位世子不名而殊會尊之也首止之會非王志也帥諸侯以定世子為義也然而諸侯不以王命而會世子世子不以王命而出會諸侯衰世之事也

秋八月諸侯盟于首止

稱諸侯明王世子不盟也將君天下不敢與之盟也

鄭伯逃歸不盟

王惡齊桓之定世子鄭也使周公召鄭伯曰吾撫女以從楚輔之以晉可以少安鄭伯喜于王命而畏齊故逃歸不盟雖有王命而棄大信以從不義書曰逃歸罪之也

楚人滅弦弦子奔黄九月戊申朔日有食之冬晉人執虞公

晉侯復假道於虞以伐虢宫之奇復諫不聽遂滅虢

師還館於虞襲虞滅之執虞公及其大夫井伯不言

晉之滅虞虞自滅也秦之取梁也書曰梁亡而不及

秦以為梁自亡也晉之滅虞也書曰晉人執虞公而

不言晉人滅虞以為虞自滅而晉人執其君耳虞公

之不名未通也凡執諸侯稱侯以執伯討也稱人以

執私執之也執諸侯重於執大夫故得以斥其君也

六年春王正月夏公會齊侯宋公陳侯衛侯曹伯伐鄭

圍新城

新城新密也鄭所以不時城也齊桓聲其罪以告諸侯故書曰新城

秋楚人圍許諸侯遂救許

義見上圍新城

冬公至自伐鄭

七年春齊人伐鄭夏小邾子來朝鄭殺其大夫申侯

陳轅濤塗怨鄭申侯之反已於召陵也故勸之城其賜邑遂譖諸鄭伯曰美城其賜邑將以叛也及齊人

伐鄭鄭殺申侯以說故稱國以殺言非其罪也

秋七月公會齊侯宋公陳世子款鄭世子華盟于甯母

曹伯班卒公子友如齊冬葬曹昭公

八年春王正月公會王人齊侯宋公衞侯許男曹伯陳世子款盟于洮

七年惠王崩世子鄭以叔帶之難懼不立不發喪而告難于齊於是盟于洮王人與盟謀王室也

鄭伯乞盟

寗母之會鄭世子華言於齊侯請去洩氏孔氏子人氏三族而以鄭為内臣桓公將許之管仲曰君若綏之以德加之以訓辭而帥諸侯以討鄭鄭將覆亡之不暇豈敢不懼若總其罪人以臨之鄭有辭矣何懼君其勿許鄭必受盟齊侯辭焉於是鄭伯請盟書曰鄭伯乞盟而不列于會以其逃盟賤之也賤鄭所以貴齊也

夏狄伐晉秋七月禘于太廟用致夫人

禘三年大祭也太廟周公廟也記曰季夏六月以禘禮祀周公於太廟七月非其時也夫人哀姜也其死也魯人以夫人終之矣然以其有罪而戮於齊不列於太廟者八年矣至是始致其主於太廟也夫稱夫人而不列於太廟非禮也舉罪人而致之太廟亦非禮也其曰用者不宜用者也特言夫人何也哀姜得罪於宗廟而戮死於齊且無後於國則既自絶於魯矣雖不以夫人終之可也而魯人以夫人終之立之

主而祔之廟雖欲不致之太廟不可得矣故於其致也特稱夫人言其所以得致者惟為夫人故也公羊曰譏以妾為妻也穀梁曰譏以妾母為夫人也此皆意之之辭也求其說而不得是以為此辭也

冬十有二月丁未天王崩

九年春王三月丁丑宋公御說卒夏公會宰周公齊侯宋子衛侯鄭伯許男曹伯于葵丘

周公以三公兼冢宰故曰宰周公宋桓公未葬而襄

公會諸侯非禮也凡在喪公侯曰子
秋七月乙酉伯姬卒九月戊辰諸侯盟于葵丘甲子晉
侯佹諸卒冬晉里克殺其君之子奚齊
晉侯殺適立庶晉人不順故里克殺奚齊然奚齊則
無罪不稱弑其君而稱殺其君之子何也未葬也春
秋於子般子野之卒皆以未葬故名未踰而名則未
君也未可以稱君而繫之其君著其將君也穀梁曰
其君之子云者國人不子也豈有其君之子而國人

不子者乎且國人之不子奚齊與卓均耳不子奚齊
而君卓可乎
十年春王正月公如齊狄滅温温子奔衞晉里克弑其
君卓及其大夫荀息
卓奚齊之弟也荀息奚齊之傅也晉侯疾召荀息曰
以是藐諸孤辱在大夫其若之何對曰臣竭其股肱
之力繼之以忠貞其濟君之靈也不濟則以死繼之
及里克殺奚齊荀息將死之人曰不如立卓子而輔

之荀息立卓以葬里克殺卓于朝荀息死之卓之稱君既葬且逾年也

夏齊侯許男伐北戎晉殺其大夫里克秋七月冬大雨雪

十有一年春晉殺其大夫平鄭父

平鄭里克之黨也惠公既殺里克平鄭言於秦伯請出晉君而納重耳鄭則有罪矣然鄭之謀由殺里克致之也故稱國以殺言君亦過也

夏公及夫人姜氏會齊侯于陽穀秋八月大雩冬楚人
伐黃
十有二年春王三月庚午日有食之夏楚人滅黃秋七
月冬十有二月丁丑陳侯杵臼卒
十有三年春狄侵衛夏四月葬陳宣公公會齊侯宋公
陳侯衛侯鄭伯許男曹伯于鹹秋九月大雩冬公子友
如齊
十有四年春諸侯城緣陵夏六月季姬及鄫子遇于防

使鄫子來朝

鄫季姬也季姬來寧公怒鄫子之不朝也止而絶其
昏故遇于防而使來朝非禮也不稱鄫季姬絶也然
春秋未有書季姬歸于鄫者或者鄫子之未為君也
歸之歟亦未有書鄫季姬來者來而遂止之則絶也
絶則非寧也亦未有書鄫季姬來歸者季姬非出於
鄫也故皆不書蓋諱之也公羊穀梁曰非使來朝也
使來請已也夫女子也而會諸侯使來請已事蓋有

至此者乎

秋八月辛卯沙鹿崩狄侵鄭冬蔡侯肸卒

十有五年春王正月公如齊楚人伐徐三月公會齊侯宋公陳侯衛侯鄭伯許男曹伯盟于牡丘遂次于匡公孫敖帥師及諸侯之大夫救徐

牡丘之諸侯也諸侯次于匡而遣大夫救徐義與聶北之師同

夏五月日有食之秋七月齊師曹師伐厲

厲楚之與國伐厲所以救徐也

八月螽九月公至自會季姬歸于鄫

鄫子既朝乃使婦之故書曰歸于鄫

己卯晦震夷伯之廟冬宋人伐曹楚人敗徐于婁林十有一月壬戌晉侯及秦伯戰于韓獲晉侯

晉侯之入秦伯之力也既入而背其賂晉饑秦輸之粟秦饑晉閉之糴故秦伯伐晉曲在晉也諸侯之獲皆言以歸書獲晉侯而不言以歸罪之也凡諸侯失

地則名晉侯之不名何也出而國有君者於出名之出而國無君者於歸名之要之皆失地也而國無君者有歸之道焉耳是以不名其出也不言晉師敗績舉君獲為重也

十有六年春王正月戊申朔隕石于宋五

隕星也莊五年書曰星隕如雨見星之隕而不見其為石也今曰隕石于宋五見其為石而不見星之隕也

是月六鷁退飛過宋都

鷁大鳥也退飛逆飛也書失常也書是月言非戊申

也何以不日失之也

三月壬申公子季友卒

凡公子以伯仲字者於其卒皆稱其字以兄弟錄之

也季友仲遂叔肸是也惟牙以罪死故曰公子牙卒

絶不以兄弟數也

夏四月丙申鄫季姬卒秋七月甲子公孫兹卒冬十有

二月公會齊侯宋公陳侯衛侯鄭伯許男邢侯曹伯于淮

十有七年春齊人徐人伐英氏

英氏楚之屬也故齊人爲徐伐之以報婁林之役徐之稱人何也與齊人序稱齊人不可不稱徐人也

夏滅項

魯滅之也公羊穀梁曰此齊滅之也曷爲不言齊滅之爲桓公諱也桓公蓋嘗滅譚遂矣春秋未嘗爲之

諱也且為桓公諱而以魯滅項書可乎

秋夫人姜氏會齊侯于卞

公會諸侯於淮而內滅項齊人以為討而止公聲姜以公故會齊侯于卞其情可也而禮則不可

九月公至自會

不言齊人之執諱之也猶有諸侯之事焉可以言會也

冬十有二月乙亥齊侯小白卒

齊桓公無適子長衛姬生無虧少衛姬生惠公鄭姬生孝公葛嬴生昭公密姬生懿公宋華子生公子雍公與管仲屬孝公於宋襄公以為太子易牙與寺人貂有寵於桓公公及衛共姬公許之立無虧管仲死五公子皆求立十月乙亥桓公卒易牙與寺人貂因内寵以作亂而立無虧孝公奔宋十二月己亥赴辛巳夜殯書從赴志亂也

十有八年春王正月宋公曹伯衛人邾人伐齊

納孝公也不言納與入孝公齊之世子也言納與入
嫌於不當立也
夏師救齊五月戊寅宋師及齊師戰于甗齊師敗績
救無虧也齊人殺無虧以說宋將立孝公不勝四公
子之徒遂與宋師戰
狄救齊
救四公子也
秋八月丁亥葬齊桓公冬邢人狄人伐衛

狄之稱人與邢人序稱邢人不可不稱狄人也

十有九年春王三月宋人執滕子嬰齊

稱人以執以其私執之也嬰齊之名失國也

夏六月宋公曹人邾人盟于曹南鄫子會盟于邾

鄫子不及曹南之盟諸侯既罷而會之於邾故書曰

會盟于邾

己酉邾人執鄫子用之

宋公使邾文公用鄫子于次雎之社欲以屬東夷然

春秋書邾人而不及宋何也諸侯之尊善惡可以專之非人之所得使也邾以諸侯而聽命於宋以行不義是以專罪邾也若宋公之罪則不待貶而見矣

齊

秋宋人圍曹衛人伐邢冬會陳人蔡人楚人鄭人盟于齊

宋公淩虐諸侯故陳穆公請修好焉以無忘齊桓之德盟于齊齊與盟也

梁亡

梁伯好土功亟城而不能處也民罷而不堪則曰某寇將至乃溝公宮曰秦將襲我民懼而潰秦遂取梁故書曰梁亡言其自亡非秦亡之也

二十年春新作南門夏郜子來朝五月乙巳西宫災鄭人入滑秋齊人狄人盟于邢冬楚人伐隨

二十有一年春狄侵衞宋人齊人楚人盟于鹿上

齊桓沒中國無伯故宋為鹿上之盟以求諸侯于楚

夏大旱秋宋公楚子陳侯蔡侯鄭伯許男曹伯會于盂

執宋公以伐宋

楚方稱人以執宋公故特書楚子楚子實執宋公其序諸侯以執之何也宋公不度德量力而争諸侯諸侯之所不予也故序諸侯以執且不予楚子專執中國也楚未嘗與諸侯會盟及齊之盟序蔡下鄭上盖未能服諸侯故以爵序至是而諸侯服之故遂先諸侯

冬公伐邾楚人使宜申來獻捷

不稱楚子非特書也特書宜申以其接我也不稱宋
捷不予楚之捷中國也
十有二月癸丑公會諸侯盟于薄釋宋公
盂之諸侯也凡諸侯見執而不失國者於歸名之書
曰某侯某歸于某此其不名而言釋何也以爲執之
釋之皆在諸侯也若是而尚可以求諸侯乎所以深
咎宋公也且書曰歸于某而名則自名也書曰釋宋
公而名則以諸侯名之也皆諸侯也而可以相名乎

二十有二年春公伐邾取須句
須句小國而邾滅之取而反其君焉禮也不書須句之滅與其君之復弱不能自通也
夏宋公衞侯許男滕子伐鄭秋八月丁未及邾人戰于升陘
邾以須句故侵我公卑邾不設備而禦之我師敗績邾人獲公冑不稱公不書敗皆諱之也莊九年乾時之戰不稱公而書敗何也敗不切公也升陘之敗公

幾於獲故諱敗也

冬十有一月已巳朔宋公及楚人戰于泓宋師敗績

宋公被執見釋而猶爭諸侯楚以夷狄而干諸夏故

泓之戰雖曲在宋而春秋辭無所予公羊曰言日言

朔正也春秋辭繁而不殺者正也楚人涉泓而未畢

濟有司請擊之宋公曰不可君子不厄人既濟而未

畢陳有司請擊之宋公曰不可君子不鼓不成列已

陳而鼓之宋師大敗雖文王之戰不過此也夫文王

豈以一日不鼓不成列而為文王哉其所以服人者
遠矣以宋之德而為是則亦不知戰而已春秋何善
焉
二十有三年春齊侯伐宋圍緡
齊不恤宋之敗而討其不與齊之盟識之也
夏五月庚寅宋公茲父卒秋楚人伐陳冬十有一月杞
子卒
杞嘗稱侯且稱伯矣稱子絀也

二十有四年春王正月夏狄伐鄭

二十年鄭人入滑是歲復伐之王使如鄭請滑鄭不聽命王怒使頹叔桃子出狄師以伐鄭

秋七月冬天王出居于鄭

王德狄之伐鄭也以狄女為后叔帶通之王詘狄后頹叔桃子奉叔帶以狄師攻王王御士將禦之王曰先后其謂我何寧使諸侯圖之遂出適鄭處于氾天子無出其曰出王自出也其曰居于鄭諸侯不敢有

其地也

晉侯夷吾卒

二十三年九月晉惠公卒而懷公立是年正月秦伯

納文公三月殺懷公皆實以告文公既定位乃告惠

公之喪故不書月與日志亂也

二十有五年春王正月丙午衛侯燬滅邢夏四月癸酉

衛侯燬卒宋蕩伯姬來逆婦

伯姬魯女嫁于宋蕩氏母為子逆婦非禮也曰婦由

姑言之也

宋殺其大夫

稱國以殺而不名其大夫殺無罪也公羊曰宋三世

無大夫三世内娶也使宋誠三世内娶乎禮未有不

臣妻之父者從而不名其大夫是許之也穀梁曰不

書名姓以其在祖之位尊之也春秋豈為孔氏作歟

而尊其祖以及其大夫也

秋楚人圍陳納頓子于頓

頓子廹於陳而出故楚人圍陳所以納頓子也言納

則内有弗受者也

葬衛文公冬十有二月癸亥公會衛子莒慶盟于洮

衛成公稱子喪未逾年也莒慶莒大夫也以其釋鄟

之怨特書嘉之也

二十有六年春王正月己未公會莒子衛甯速盟于向

齊人侵我西鄙公追齊師至酅弗及

侵曰人追曰師不可言公追齊人故也

夏齊人伐我北鄙衛人伐齊公子遂如楚乞師

乞重辭也師出不正反戰不必勝故以乞言之齊再

伐魯故乞師於楚齊雖有罪而魯乞師於夷狄以伐

中國亦譏之也

秋楚人滅夔以夔子歸

夔楚之同姓而不名楚子非特書故也以為人楚子

甚於名楚子也

冬楚人伐宋圍緡

晉文公之出也過宋宋襄公厚遇之及其反國宋遂
叛楚即晉故楚人伐之
公以楚師伐齊取穀公至自伐齊
二十有七年春杞子來朝夏六月庚寅齊侯昭卒秋八
月乙未葬齊孝公乙已公子遂帥師入杞冬楚人陳侯
蔡侯鄭伯許男圍宋
楚人楚子也稱人非特書也公羊曰為其執宋公故
終僖之篇貶之也夫楚子之執宋公稱子以執伯討

也而謂其終身不免則過矣況終偆之篇於楚子何有哉

十有二月甲戌公會諸侯盟于宋

公與楚有好故於其圍宋而會之宋方見圍書曰盟于宋不嫌其與盟也

二十有八年春晉侯侵曹晉侯伐衛

文公之出也曹衛皆不禮焉及楚子圍宋宋人告急狐偃曰楚始得曹而新昏於衛若伐曹衛楚必救之

則宋免矣於是假道於衛以侵曹衛人不許還自南河濟侵曹伐衛曹以不禮為過故曰侵衛以不假道為罪故曰伐齊桓侵蔡蔡潰而遂伐楚故一稱齊侯今侵曹與伐衛異道故再稱晉侯

公子買戍衛不卒戍刺之

周禮有三刺之法故内殺大夫皆曰刺諱之也買始為楚戍衛楚人救衛不克公懼於晉殺買以說而以不卒戍告楚刺未有書其故者書其故言非其實也

楚人救衛三月丙午晉侯入曹執曹伯畀宋人

晉侯以不禮故私討於曹既執曹伯又以予宋人皆非義也其稱晉侯以伯討書之何也書晉侯為入曹也既言晉侯入曹故不可復言晉人執曹伯非以伯討許之也曹伯失地而不名何也出而國無君也

夏四月己巳晉侯齊師宋師秦師及楚人戰于城濮楚師敗績楚殺其大夫得臣

晉文公自是始得諸侯故宋公齊國歸父崔夭秦小

子慭皆稱師言衆與之也文公既克曹衛楚子入居于申使申叔去穀使得臣去宋得臣使伯棼請戰楚子怒之而不止也及其從晉師也晉師退三舍避之楚衆欲止得臣不可故敗得臣則有罪矣而楚以一敗殺之故稱國以殺言君亦過也得臣之不氏以特書故也

衛侯出奔楚

衛侯失地而不名何也其出也使元咺奉叔武以受

盟國猶其國也

五月癸丑公會晉侯齊侯宋公蔡侯鄭伯衛子莒子盟于踐土

晉既克楚合諸侯于踐土王因往勞享之而策命之為侯伯使王子虎會諸侯于王庭虎不書不與盟也不書王之來會天子而從諸侯諱之也衛侯使叔武攝事以受盟故稱子以未成君之名稱之言非王命也

陳侯如會公朝于王所六月衛侯鄭自楚復歸于衛

名其復歸終見其失地也元咺叔武非難其歸者也

而國人不喜故書曰復歸

衛元咺出奔晉

衛侯不信叔武先期而入公子歂犬華仲前驅叔武

將沐聞君至喜捉髮走出前驅射而殺之故元咺出

奔訟之於晉

陳侯款卒秋杞伯姬來公子遂如齊冬公會晉侯齊侯

宋公蔡侯鄭伯陳子莒子邾子秦人于溫天王狩于河
陽
晉文公將帥諸侯以尊事天子而不敢合諸侯於京
師故召王於河陽而以諸侯見其情則順而禮則逆
也仲尼曰以臣召君不可以訓然而其情不可不察
也故書曰天王狩于河陽使若巡狩然尊周且以全
晉也然則踐土之不言王狩何也踐土之會王自往
耳非晉之罪也故爲王諱之而足矣溫之會晉之罪

也晉雖有罪而其情則順故為王諱之為晉解之而後可也

壬申公朝于王所晉人執衛侯歸之于京師衛元咺自晉復歸于衛

衛侯執則咺之歸無難矣然咺之訟衛以不寧國人之所不喜也故稱復歸

諸侯遂圍許

溫之諸侯也許比再會不至故因會討之

曹伯襄復歸于曹遂會諸侯圍許

襄之名亦終見其失國也其言遂會諸侯圍許則襄猶未歸也其言復歸于曹旣許之也

二十九年春介葛盧來

介小國也其名夷也不言朝公在會也

公至自圍許夏六月會王人晉人宋人齊人陳人蔡人秦人盟于翟泉

公會王子虎晉狐偃宋公孫固齊國歸父陳轅濤塗

泰小子慭盟于翟泉尋踐土之盟且謀伐鄭也公不

書諱與大夫盟也卿不書罪之也在禮卿不會公侯

會伯子男可也

秋大雨雹冬介葛盧來

春不見公故冬復來不言朝不能朝也

三十年春王正月夏狄侵齊秋衛殺其大夫元咺及公

子瑕

王釋衛侯衛侯使周歂冶廑殺元咺及瑕而後入稱

國以殺咺瑕雖有罪而君亦有過也瑕立逾年矣其不稱君何也為君非瑕志也是以先元咺而後瑕言事之在咺也

衛侯鄭歸于衛

元咺既死則衛侯之歸無難矣不言復歸衛自是少安也

晉人秦人圍鄭

晉侯之出也鄭文公亦不禮焉故晉侯秦伯圍鄭其

稱人何也專以其私討人罪之也

介人侵蕭冬天王使宰周公來聘公子遂如京師遂如

晉

内曰如外曰使皆君命也所謂以二事出者也

三十有一年春取濟西田

曹田也曷爲不言取曹濟西田晉人執曹伯而以其

田分諸侯非吾取之曹也

公子遂如晉夏四月四卜郊不從乃免牲猶三望

禮諸侯不祭天地魯以周公故孟春祈穀于上帝所謂啟蟄而郊也常以二月卜三月上辛不吉則卜中辛不吉則卜下辛三卜而不從則不郊矣四月非時也四卜非禮也穀梁曰以十二月下辛卜正月上辛不從則以正月下辛卜二月上辛不從則以二月下辛卜三月上辛然則不待啟蟄而郊禮乎禮帝牛必在滌三月稷牛惟具牛卜日曰牲牲成而不郊則卜免牲不吉則不郊而已以為嘗致之上帝弗敢專也

猶者可已之辭也禮既郊而望望郊之細也不郊亦無望可也謂之望者國之所望山若川也魯之望三太山河海是歟

秋七月冬杞伯姬來求婦狄圍衛十有二月衛遷于帝丘

三十有二年春王正月夏四月己丑鄭伯捷卒衛人侵狄秋衛人及狄盟冬十有二月己卯晉侯重耳卒

三十有三年春王二月秦人入滑齊侯使國歸父來聘

夏四月辛巳晉人及姜戎敗秦師于殽

三十年秦晉圍鄭秦伯私與鄭盟使杞子逢孫楊孫戍之而還杞子自鄭導秦以襲鄭秦伯使孟明西乞白乙出師師及滑鄭商人弦高遇之以君命犒師孟明曰鄭有備矣不可冀也滅滑而還晉先軫請擊之襄公在喪遂墨衰絰以出兵及姜戎要之於殽敗之其稱人何也文公之入秦之力也故雖穆公私與鄭盟而文公不問今襄公爭小忿而忘大德罪之也孟

明不書非卿

癸巳葬晉文公狄侵齊公伐邾取訾婁秋公子遂帥師伐邾晉人敗狄于箕冬十月公如齊十有二月公至自齊乙巳公薨于小寢隕霜不殺草李梅實晉人陳人鄭人伐許

春秋集解卷五

欽定四庫全書

春秋集解卷六

宋　蘇轍　撰

文公

元年春王正月公即位

莊襄未葬而子般子野卒其稱名未逾年也文成定之即位也僖宣昭皆未葬其稱公以即位既逾年也一年不可以二君故終年稱子而未葬則名不可以逾年無君故逾年雖未葬而稱公以即位也其非即

位則雖逾年不稱公八年八月天王崩九年春毛伯
來求金不稱王命是也
二月癸亥日有食之天王使叔服來會葬
叔服天子大夫故不名諸侯之葬天子使大夫會焉
禮也
夏四月丁巳葬我君僖公天王使毛伯來錫公命
毛伯王之卿士也禮諸侯即位天子錫之命圭合瑞
以為信晉惠公之立也王使召武公内史過錫之命

而惰於受瑞是也

晉侯伐衛叔孫得臣如京師衛人伐晉

晉以衛之不朝也伐之衛孔達伐晉以報背盟而亢

大國稱人罪之也

秋公孫敖會晉侯于戚

禮卿不會諸侯而魯大夫出會諸侯皆無譏魯史也

冬十月丁未楚世子商臣弑其君頵

頵成王也商臣稱世子而頵稱君者君之於世子有

父之親有君之尊稱世子明其親也稱君明其尊也

商臣之於尊親盡矣

公孫敖如齊

二年春王二月甲子晉侯及秦師戰于彭衙秦師敗績

丁丑作僖公主

作主不書此所以書非時也禮葬畢而虞虞而作主

喪主於虞吉主於練虞主用桑練主用栗

三月乙巳及晉處父盟

晉人以公不朝來討公如晉晉人使陽處父盟公以

恥之禮諸侯不親盟於他國而況敵處父乎故不書

公如晉又不書公及晉處父盟諱之也處父之不氏

罪晉也

夏六月公孫敖會宋公陳侯鄭伯晉士縠盟于垂隴

謀衛也於是衛執孔達以說于晉

自十有二月不雨至于秋七月八月丁卯大事于太廟

躋僖公

大事者何合昭穆於太廟也禮三年喪畢而禘未畢喪故不曰禘也然則吉禘于莊公其曰禘何也禮樂備也禮樂備曰吉禘不備曰大事僖公閔公之兄也閔嘗為之君矣兄弟之不先君臣禮也其曰躋僖公非禮也所謂逆祀也

冬晉人宋人陳人鄭人伐秦

殽之敗秦穆公不替孟明而悔過自誓列於周書及彭衙之敗復用孟明增脩德政重施於民君子善之

晉人使先且居會宋公子成陳轅選鄭公子歸生伐
之取汪及彭衙以報彭衙之役卿稱人以其不務德
而力爭罪之也罪晉所以善秦也
公子遂如齊納幣
三年春王正月叔孫得臣會晉人宋人陳人衛人鄭人
伐沈沈潰夏五月王子虎卒秦人伐晉
秦伯伐晉濟河焚舟取王官及郊晉人不出遂自茅
津濟封殽尸而還遂伯西戎書曰秦人伐晉而不稱

秦伯何也亦不善其爭也諸侯之相侵伐者衆矣春秋因其得失而正之未有不善其爭者也此獨不善其爭何也春秋之際諸侯以力相尚而不知德未可以非其爭也穆公之悔過自誓為近之矣而猶未免於爭是以非之也

秋楚人圍江雨螽于宋冬公如晉十有二月己巳公及晉侯盟

晉人懼其無禮於公也故請改盟雖親盟於其國猶

可書也

晉陽處父帥師伐楚以救江

伐楚而圍江之師解此所以救江也

四年春公至自晉夏逆婦姜于齊

卿不行非禮也曰婦有姑之詞也公羊曰娶于大夫者畧之也公子遂如齊納幣納幣于齊也孰謂娶于大夫乎穀梁曰親迎而曰婦成禮乎齊也不言公何以知其親迎也宋蕩伯姬來逆婦杞伯姬來求婦皆由

姑言之也

狄侵齊秋楚人滅江晉侯伐秦

晉侯圍邧新城以報王官之役稱晉侯不復罪之何也見伐而報非得罪於法也而有德者不然故特一譏而已若皆譏之將不可勝譏也

衛侯使甯俞來聘冬十有一月壬寅夫人風氏薨

僖公之妾母也凡魯君之妾母其生也稱夫人其没皆以夫人之禮成之而天子諸侯亦以夫人之禮禮

之考之舊典則非禮也然春秋書之不為異詞者君

臣之禮也

五年春王正月王使榮叔歸含且賵

珠玉曰含車馬曰賵不言天王闕文也不言來歸避

不周也穀梁曰不言來不周事之詞也賵以蚤含以

晚禮曰含者執璧將命入升堂致命子拜稽顙含者

坐委於殯東南有葦席既葬蒲席降出反位蓋以助

喪盡恩而不必用也且國有遠近而皆責其及事可

乎

三月辛亥葬我小君成風王使召伯來會葬

仲子雖聘而非惠公之嫡也故特為之宮而不祔不書其葬蓋禮之正也自成風以來妾母皆葬蓋祔也魯禮之變自此始矣諸侯必有使來會葬者矣以微故不錄王人雖微必書石尚歸脤是也而況召伯乎

夏公孫敖如晉秦人入鄀秋楚人滅六冬十月甲申許男業卒

六年春葬許僖公夏季孫行父如陳秋季孫行父如晉八月乙亥晉侯驩卒冬十月公子遂如晉葬晉襄公晉殺其大夫陽處父晉狐射姑出奔狄

晉人蒐于夷使狐射姑將中軍趙盾佐之陽處父至自溫改蒐于董謂趙盾能而上之射姑怨之使續鞫居殺之晉殺鞫居射姑奔狄不書射姑之殺而書曰晉殺其大夫陽處父何也處父之死自取之也置帥非處父之任也處父有罪則其不稱晉人以殺何也

雖有罪而殺之則甚矣故書曰狐射姑出奔狄亦罪之也

閏月不告月猶朝于廟

不告月者不告朔也何以不言朔閏非常月也雖非常月而告月以聽政禮也其曰猶朝于廟幸其不已之詞也子貢欲去告朔之餼羊子曰爾愛其羊我愛其禮雖不告月而猶朝于廟而又將已之乎公羊穀梁曰閏月者附月之餘日天子不以告朔而喪事不

數也猶之為言可以已也春秋蓋有同詞而異實者

矣猶三望猶繹可以已也猶朝于廟幸其不已也

七年春公伐邾三月甲戌取須句

僖公取須句而反其君邾又滅之故復伐邾而取之

遂城部

以備邾也

夏四月宋公王臣卒宋人殺其大夫

宋昭公將去羣公子穆襄之族帥國人以攻公殺公

孫固公孫鄭于公宫書曰宋人殺其大夫非君命也
大夫不名非其罪也夫君殺之而非其罪則書曰宋
殺其大夫公孫固公孫鄭可也宋人殺之而非其君
若又名之則不見其非罪也
戊子晉人及秦人戰于令狐晉先蔑奔秦
晉襄公卒靈公少晉人為難故欲立長君趙盾使先
蔑士會逆公子雍于秦既而畏偪乃背之而立靈公
趙盾將而禦秦師先蔑奔秦趙盾之稱人罪之也舍

太子而外求君非謀也先蔑之不言出自師奔也

狄侵我西鄙秋八月公會諸侯晉大夫盟于扈

齊侯宋公衛侯鄭伯許男曹伯會晉趙盾盟于扈晉

侯立故也不書其人公後至不及序也

冬徐伐莒公孫敖如莒涖盟

八年春王正月夏四月秋八月戊申天王崩冬十月壬

午公子遂會晉趙盾盟于衡雍乙酉公子遂會雒戎盟

于暴

公子遂既盟趙盾四日而盟雒戎皆公命也何以知其皆公命也以其書雒戎之盟與書趙盾之盟一也

公孫敖如京師不至而復丙戌奔莒

七年公子遂娶于莒公孫敖如莒涖盟且為遂逆見女美而自取之遂將攻之公止之使遂舍之使敖反之復為兄弟如初及敖將如周弔遂以幣奔莒從己氏公子遂如齊至黄乃復書至而後書復今不言至而言復何也遂之如齊也欲至齊而以疾不能敖無

至周之意矣故曰不至而已不言出自外行也

螽宋人殺其大夫司馬宋司城來奔

宋襄夫人襄王之姊也昭公不禮焉夫人因戴氏之族以殺襄公之孫孔叔公孫鍾離及大司馬公子卬皆昭公之黨也司馬握節以死故書以官書曰宋人殺其大夫非君命也司城蕩意諸來奔效節於府人而出公以其官逆之亦書以官皆貴之也

九年春毛伯來求金

非禮也不稱王命未葬也

夫人姜氏如齊

歸寧也

二月叔孫得臣如京師辛丑葬襄王晉人殺其大夫先都

夷之蒐晉侯將登箕鄭父先都而使士縠梁益耳將中軍先克曰狐趙之勲不可廢也從之先克奪蒯得田于堇陰故箕鄭父先都士縠梁益耳蒯得作亂使

賊殺先克晉人誅之故皆書曰晉人殺其大夫殺有罪也

三月夫人姜氏至自齊

春秋夫人適他國未有至之者皆非禮不告廟故也惟此以歸寧告廟故書

晉人殺其大夫士穀及箕鄭父楚人伐鄭

楚自城濮之敗不復侵伐中國晉文襄既没靈公少自是始復伐鄭

公子遂會晉人宋人衛人許人救鄭

晉趙盾宋華耦衛孔達許大夫救鄭緩不及楚師故皆稱人

夏狄侵齊秋八月曹伯襄卒九月癸酉地震冬楚子使椒來聘

楚自僖公以來雖交通諸侯而朝聘不常盟會不繼夷風猶在也故書其君臣皆曰人而已至是齊晉日衰楚人接迹於中國於是書其君臣與諸侯比然椒

猶不氏蓋漸進之也

秦人來歸僖公成風之禭

魯之喪諸侯蓋有來禭者矣而獨書秦始通也秦人

秦之微者也禭衣服也僖公成風之喪久矣而不以

緩為譏者亦以其始通録之也成風之不稱夫人何

也非薨非葬名有所不必盡也

葬曹共公

十年春王三月辛卯臧孫辰卒夏秦伐晉

是年春晉人伐秦取少梁秦伯伐晉取北徵秦晉相攻久矣無他得失而獨書曰秦伐晉遂以戎狄書之理不然也或者書秦伯闕文也

楚殺其大夫宜申

宜申與仲歸謀弒楚穆王而誅當書曰楚人殺大夫蓋以簡文也

自正月不雨至于秋七月及蘇子盟于女栗冬狄侵宋

楚子蔡侯次于厥貉

將伐宋而不行故書次
十有一年春楚子伐糜夏叔仲彭生會晉郤缺于承匡
秋曹伯來朝公子遂如宋狄侵齊冬十月甲午叔孫得
臣敗狄于鹹
十有二年春王正月郕伯來奔
郕太子朱儒自安於夫鍾國人不徇郕伯卒郕人立
君太子以夫鍾及郕邽來奔公以諸侯逆之非禮也
書曰郕伯來奔著吾過也不名非諸侯特加之也不

書地既謂之諸侯尊之不言地也

杞伯來朝二月庚子子叔姬卒夏楚人圍巢秋滕子來

朝秦伯使術來聘冬十有二月戊午晉人秦人戰于河

曲

秦伯伐晉取羈馬晉趙盾禦之皆稱人以其亟戰罪

之也

季孫行父帥師城諸及鄆

十有三年春王正月夏五月壬午陳侯朔卒邾子蘧篨

卒自正月不雨至于秋七月太室屋壞

周公曰太廟魯公曰太室屋壞書不共也

冬公如晉衛侯會公于沓狄侵衛十有二月己丑公及晉侯盟公還自晉鄭伯會公于棐

十有四年春王正月公至自晉邾人伐我南鄙叔彭生帥師伐邾夏五月乙亥齊侯潘卒六月公會宋公陳侯衛侯鄭伯許男曹伯晉趙盾癸酉同盟于新城

會書月盟書日會成於月盟成於日也書同盟從於

楚者服也

秋七月有星孛入于北斗公至自會晉人納捷菑于邾弗克納

邾文公元妃齊姜生貜且二妃晉姬生捷菑文公卒邾人立貜且捷菑奔晉晉趙盾帥諸侯之師八百乘納之于邾邾人辭曰齊出貜且長盾曰詞順而弗從不祥乃還書盾之弗克納善之矣其稱人何也與諸侯之師將以廢長立少入邾之境而後知其非所與

者廣所害者衆善未足以覆過也捷菑之不稱公子將以為君也

九月甲申公孫敖卒于齊

敖之奔莒七年矣至此請重賂以求復其子難以為請許之將歸而卒於齊大夫出奔不卒敖之卒既許之復也

齊公子商人弑其君舍

商人將以為君其稱公子何也州吁無知將以為君

而不終故不稱公子以見其欲為君也商人終為君矣不待去公子而後見也稱公子以親責之也舍未逾年而稱君既葬也若以其未逾年而不稱君是商人之罪可得而免也正舍之名所以正商人之罪也

宋子哀來奔

宋高哀為蕭封人以為卿不義宋公而出二年而宋人弑其君不名而字貴之也

冬單伯如齊齊人執單伯齊人執子叔姬

子叔姬妃齊昭公生舍商人弑舍而立襄仲使告于王請以王寵求子叔姬于齊王使單伯為魯請齊人執之并執子叔姬諸侯而執王使不稱行人尊周也公羊穀梁曰單伯之罪道淫也猶以為魯大夫也魯無單伯以意而言春秋則亦無所不至也
十有五年春季孫行父如晉
為單伯與子叔姬故將因晉以謂齊也
三月宋司馬華孫來盟

宋司馬華耦來盟其官皆從故書曰宋司馬華孫不言使盟在華孫也

夏曹伯來朝齊人歸公孫敖之喪

敖以罪出魯人以孟氏故不絶其親而許其歸禮也

六月辛丑朔日有食之鼓用牲于社單伯至自齊

齊侯以晉故許單伯請單伯過魯致命而歸周故喜而致之也

晉郤缺帥師伐蔡戊申入蔡秋齊人侵我西鄙季孫行

父如晉

復為齊故也

冬十有一月諸侯盟于扈

晉侯宋公衛侯蔡侯鄭伯許男曹伯會盟而謀伐齊

於是有齊難公不會齊侯賂晉侯不克而還書曰諸

侯而不序無能為也

十有二月齊人來歸子叔姬

不言齊子叔姬來歸而曰齊人來歸子叔姬言叔姬

無罪而齊人絶之也

齊侯侵我西鄙遂伐曹入其郛

齊侯謂諸侯無能爲也故復侵魯遂伐曹討其朝於魯也

十有六年春季孫行父會齊侯于陽穀齊侯弗及盟

公將及齊平而有疾使季孫行父會齊侯而請盟齊侯不信曰請俟君間書曰齊侯弗及盟曲在齊也

夏五月公四不視朔

諸侯告朔聽政因朝于廟公四不視朔疾也公蓋有
以疾不視朔者矣四不視朔以久書也公羊曰自是
無疾不視朔也定哀之間子貢欲去告朔之餼羊蓋
不復視朔矣此公羊之所以為此言也然而五月書
四不視朔則六月視朔之廢非始為此也

六月戊辰公子遂及齊侯盟于郪丘

公使遂納賂于齊侯而後受盟

秋八月辛未夫人姜氏薨毀泉臺

有蚍自泉臺出既而夫人薨魯人以為妖而毀之非政也

楚人秦人巴人滅庸冬十有一月宋人弑其君杵臼

宋昭公不能於其大夫國人襄夫人亦惡之公田孟諸夫人使帥甸攻而弑之書曰宋人弑其君君無道也

十有七年春晉人衛人陳人鄭人伐宋

晉荀林父衛孔達陳公孫寧鄭石虎將討宋之弑君

十有八年春王三月丁丑公薨于臺下秦伯罃卒夏五

秋公至自穀冬公子遂如齊

不討賊為譏明君臣之義不可廢也

不序晉之也宋昭公雖以無道弑而諸侯大夫皆以

晉侯為扈之會將以平宋亂而不能故書曰諸侯而

公及齊侯盟于穀諸侯會于扈

夏四月癸亥葬我小君聲姜齊侯伐我西鄙六月癸未

不克而還故皆稱人

月戊戌齊人弒其君商人

商人多行無禮其為公子也與邴歜之父爭田弗勝

及即位掘而刖之納閻職之妻而使職驂乘故二人

謀而殺之二人皆非大夫不稱盜而稱人見君之無

道也

六月癸酉葬我君文公秋公子遂叔孫得臣如齊

遂賀齊惠公立得臣會葬文公累數之者偕行也非

相為介也

冬十月子卒

文公夫人出姜生惡及視二妃敬嬴生宣公敬嬴嬖而私事公子遂故遂弒惡及視而立宣公書曰子卒諱之也不日失之也不名既葬也

夫人姜氏歸于齊季孫行父如齊莒弒其君庶其

庶其生太子僕及季佗愛季佗而黜僕且多行無禮於國僕因國人而弒之故稱國以弒

春秋集解卷六

欽定四庫全書

春秋集解卷七

宋　蘇轍　撰

宣公

元年春王正月公即位公子遂如齊逆女三月遂以夫人婦姜至自齊

遂之不氏因前也曰婦有姑之辭也或稱婦姜或稱婦姜氏文有詳略非義之所在也

夏季孫行父如齊晉放其大夫胥甲父于衛

文十二年秦晉戰于河曲秦人夜戒晉師臾駢曰使者目動而言肆懼我也薄諸河必敗之胥甲趙穿當軍門呼曰死傷未收而棄之不惠也不待期而薄人於險無勇也乃止於是晉人討不用命者放胥甲于衛胥甲趙穿其罪一也放甲而舍穿穿盾之族也故稱國以放言政之不一也

公會齊侯于平州

公以篡立故使季孫行父納賂于齊而求會焉以定

其位

公子遂如齊六月齊人取濟西田秋邾子來朝楚子鄭人侵陳遂侵宋晉趙盾帥師救陳

左傳曰救陳宋獨稱救陳闕文也

宋公陳侯衛侯曹伯會晉師于棐林伐鄭

不曰會晉趙盾而曰會晉師言兵會非好會也雖以諸侯會大夫無譏也

冬晉趙穿帥師侵崇

崇秦之與國晉將求成于秦故侵崇秦弗與成於是

晉靈公侈故不競於秦楚

晉人宋人伐鄭

二年春王二月壬子宋華元帥師及鄭公子歸生帥師

戰于大棘宋師敗績獲宋華元秦師伐晉夏晉人宋人

衛人陳人侵鄭秋九月乙丑晉趙盾弑其君夷皐

晉靈不君趙盾驟諫公欲殺之盾將出奔而趙穿弑

公於桃園盾未出山而復晉史書曰趙盾弑其君盾

曰不然史曰子為正卿亡不越境反不討賊非子而誰盾曰於乎我之懷矣自詒伊慼其我之謂矣孔子聞之曰惜也越境則免或曰弒君大惡也不越境微過也盾不弒君而以不越境加之弒君之名可乎曰亡而越境則盾誠亡也反而討賊則盾誠不知謀也今亡而不越境反而不討賊孰知非盾之偽亡而使穿弒君者如是而以穿居弒君之名則盾計得矣弒君之罪而容以計免乎故曰於晉趙盾見忠臣之至

於許世子止見孝子之至此二者所以為教也非以為法也然則今將舉弑君之罪而誅盾也可乎曰舉弑君之罪以責盾則可舉弑君之罪以誅盾則不可

昔者郭解之客為解殺人而解不知公孫弘曰解布衣為任俠行權以睚眦殺人解雖不知甚於知之遂以誅解其所以責解者善矣然至以誅解則非法也

孟子曰今有禦人於國門之外而餽以道則其罪死以不義取之於民而餽以道則受於孔子以不義取

之於民者猶禦也則孔子亦受禦歟夫以不義取之
於民者猶禦也充類至義之盡也充類至義之盡而
名之曰禦則可以禦誅之則不可故春秋以弑君責
盾而非以弑君誅盾也不以弑君責盾則以不義取
之於民者非禦也以弑君誅盾則以不義取之於民
者皆死也而可乎故曰此所以為教也非以為法也
司馬遷有言為人君父而不通春秋之義者必蒙首
惡之名為人臣子而不通春秋之義者必陷篡弑之

罪其實皆以善為之而不知其義被之空言而不敢
辭夫不通禮義之旨至於君不君臣不臣父不父子
不子此四行者天下之大過也以天下之大過予之
受而不敢辭故春秋者禮義之大宗也遷意在是也
冬十月乙亥天王崩
三年春王正月郊牛之口傷改卜牛牛死乃不郊猶三
望
牛不曰牲未卜日也正月尚可以養牛牛死當復改

卜而遂不郊非禮也不郊而望亦非禮也天王未葬
而郊不為非禮者不以王事廢天事也
葬匡王楚子伐陸渾之戎夏楚人侵鄭秋赤狄侵齊宋
師圍曹冬十月丙戌鄭伯蘭卒葬鄭穆公
四年春王正月公及齊侯平莒及郯莒人不肯公伐莒
取向秦伯稻卒夏六月乙酉鄭公子歸生弑其君夷
楚人獻黿於鄭靈公公子宋與歸生將見宋食指動
以示歸生曰他日我如此必嘗異味及入宰夫將解

黿相視而笑公問之以告及食大夫黿召宋而弗與也宋怒染指於鼎嘗之而出公怒欲殺之宋與歸生謀先歸生曰畜老猶憚殺之而况君乎反譖歸生懼而從之故書曰鄭公子歸生弑其君夷首弑君者宋也舍宋而書歸生何也曰弑君之禍成於二人二人不可并書將書其一而已宋首弑君其罪不疑書其不疑則歸生可得免也歸生之罪成於不得已疑若可免也弑君之罪不可以疑免書其疑者而其不疑

者可知也宋襄公使邾文公用鄫子于次且之社春

秋書邾人而不及宋亦猶是也

赤狄侵齊秋公如齊公至自齊冬楚子伐鄭

五年春公如齊夏公至自齊秋九月齊高固來逆叔姬

叔孫得臣卒冬齊高固及子叔姬來楚人伐鄭

六年春晉趙盾衛孫免侵陳夏四月秋八月螽冬十月

七年春衛侯使孫良夫來盟夏公會齊侯伐萊秋公至

自伐萊大旱冬公會晉侯宋公衛侯鄭伯曹伯于黑壤

八年春公至自會夏六月公子遂如齊至黄乃復辛巳有事于太廟仲遂卒于垂壬午猶繹萬入去籥

繹者祭之明日所以賓尸也萬舞也籥管也卿佐之喪可以廢繹矣不知廢繹而於舞之入也去其有聲者使弗聞而已非禮也

戊子夫人嬴氏薨晉師白狄伐秦楚人滅舒蓼秋七月甲子日有食之既冬十月己丑葬我小君敬嬴雨不克葬庚寅日中而克葬

禮葬既有日不為雨止故送者不避塗潦而士喪禮
有潦車載簑笠今雨而不克葬則失於無備也左氏
曰禮卜葬先遠日避不懷也卜而先遠禮也葬之日
有進無退而可以為雨止乎
城平陽楚師伐陳
九年春王正月公如齊公至自齊夏仲孫蔑如京師齊
侯伐萊秋取根牟八月滕子卒九月晉侯宋公衛侯鄭
伯曹伯會于扈晉荀林父帥師伐陳辛酉晉侯黑臀卒

于邑冬十月癸酉衛侯鄭卒宋人圍滕楚子伐鄭晉郤缺帥師救鄭陳殺其大夫洩冶

陳靈公與孔寧儀行父通於夏姬衷其衵服以戲于朝洩冶諫二子請殺之公不禁故稱國以殺殺無罪也洩冶强諫以死疑若可賢也而不免於名何也正言於昏亂以陷於死雖無罪而君子不貴也

十年春公如齊公至自齊齊人歸我濟西田夏四月丙辰日有食之己巳齊侯元卒齊崔氏出奔衛

齊崔杼有寵於惠公高國畏其偪也公卒而逐之書曰齊崔氏以其族奔也公羊曰稱崔氏譏世卿也春秋之際大夫世而弑其君者獨崔氏乎而獨譏之也文王之治岐也仕者世禄詩曰凡周之士不顯亦世三代之世臣國之所賴以為固也而春秋何譏耶茍失其政豎刁陽虎皆足以為亂曾非世臣也茍失其迹而譏之則過矣

公如齊五月公至自齊癸巳陳夏徵舒弑其君平國

徵舒陳大夫夏姬之子也靈公之惡甚矣其稱臣以弑何也罪不及民也君以無道加其臣子臣子以弑報之而得不名是臣得讎君而子得讎父也故罪不及民者皆稱臣子陳徵舒蔡般是也要之失民而後不稱臣子以民為重也

六月宋師伐滕公孫歸父如齊葬齊惠公晉人宋人衛人曹人伐鄭秋天王使王季子來聘公孫歸父帥師伐邾取繹大水季孫行父如齊冬公孫歸父如齊齊侯使

國佐來聘饑楚子伐鄭

十有一年春王正月夏楚子陳侯鄭伯盟于辰陵公孫歸父會齊人伐莒秋晉侯會狄于欑函冬十月楚人殺陳夏徵舒

陳靈公之死也孔寧儀行父奔楚故楚子伐陳謂陳人無動吾將有討於少西氏遂入陳殺夏徵舒因縣陳申叔時使於齊而反謂楚子曰牽牛以蹊人之田而奪之牛蹊者信有罪矣而奪之牛罰已重矣諸侯

之從也曰討有罪也今縣陳貪其富也以討召諸侯而以貪歸之無乃不可乎楚子曰善哉吾未之聞也於是乃復封陳蓋楚子入陳而殺徵舒今先書楚人殺陳夏徵舒而後書楚子入陳納公孫寧儀行父于陳何也楚子之殺徵舒也既以滅陳而縣之矣非入也及申叔時諫而復封陳然後得為入也孔子以其終復封陳也故不言其滅以其始嘗滅之也故先書殺徵舒而後書入稱人衆詞也以其討有罪也稱子

偏詞也以其入人之國而納有罪也

丁亥楚子入陳納公孫寧儀行父于陳

十有二年春葬陳靈公楚子圍鄭夏六月乙卯晉荀林父帥師及楚子戰于邲晉師敗績秋七月冬十有二月戊寅楚子滅蕭晉人宋人衛人曹人同盟于清丘

晉原縠宋華椒衛孔達曹人同盟于清丘曰邺病討貳既而陳即楚宋伐之而衛人救陳楚伐宋而晉人不救故卿不書不實其言也

宋師伐陳衛人救陳

十有三年春齊師伐莒夏楚子伐宋秋螽冬晉殺其大夫先穀

邲之役晉三師皆不欲戰先穀不可故敗誅之固其宜也然先穀先軫之後先軫晉之舊勲也晉人誅穀而盡滅其族稱國以殺言刑之過也

十有四年春衛殺其大夫孔達

十二年陳貳于楚宋以清丘之盟故伐陳衛孔達曰

先君有約言焉不可不救也若大國討我則死之衛人救陳既而晉人來討於是殺孔達以說孔達則有罪矣而衛人用其言以干盟主故稱國以殺罪累上也

夏五月壬申曹伯壽卒晉侯伐鄭秋九月楚子圍宋葬曹文公冬公孫歸父會齊侯于穀

十有五年春公孫歸父會楚子于宋夏五月宋人及楚人平

楚子圍宋九月而不解宋人告急于晉晉人不救乃使華元夜入楚師登子反之床曰寡君使元以病告敝邑易子而食析骸而爨雖然城下之盟有以國斃不能從也去三十里惟命是聽子反懼與之盟而告王退三十里而與之盟宋將亡而華元能存之楚可取宋而子反能舍之疑若可賢者其稱人何也華元竊入楚師而刼其將子反將而刼於敵雖有善君子不貴也易曰師出以律否臧凶故書平而不書盟爲

要盟也宋之平與夾谷之會其不書盟一也

六月癸卯晉師滅赤狄潞氏以潞子嬰兒歸秦人伐晉

王札子殺召伯毛伯秋螽仲孫蔑會齊高固于無婁初

稅畝

井田之法一夫百畝十畝為公田今履其餘畝復十

稅一故哀公曰二吾猶不足其失蓋始於此

冬蝝生

螽子生於冬不能為害而書者亦幸之也

饑

十有六年春王正月晉人滅赤狄甲氏及留吁夏成周宣榭火秋郯伯姬來歸冬大有年

十有七年春王正月庚子許男錫我卒丁未蔡侯申卒夏葬許昭公葬蔡文公六月癸卯日有食之己未公會晉侯衛侯曹伯邾子同盟于斷道

晉郤克聘于齊齊頃公帷婦人觀而笑之郤克怒請伐之會于斷道討貳也齊侯使高國晏弱蔡朝南郭

偃會晉人辭之書曰同盟齊貳也

秋公至自會冬十有一月壬午公弟叔肸卒

十有八年春晉侯衛世子臧伐齊公伐杞夏四月秋七月邾人戕鄫子于鄫甲戌楚子旅卒

楚莊王也吳楚之君卒而不葬葬必從其臣子之詞吳楚之僭不可信也

公孫歸父如晉冬十月壬戌公薨于路寢歸父還自晉至笙遂奔齊

歸父襄仲之子有寵於公欲去三桓以張公室與公謀而聘於晉欲以晉人去之公薨季文子言於朝曰使我殺適立庶以失大援者仲也夫遂逐東門氏歸父還及笙壇帷復命於介既復命袒括髮三踊而出遂奔齊大夫出聘未有言其還者奔未有言其至者書曰歸父還自晉至笙遂奔齊蓋善其得禮也

春秋集解卷七

欽定四庫全書

春秋集解卷八

宋 蘇轍 撰

成公

元年春王正月公即位二月辛酉葬我君宣公無冰三月作丘甲夏臧孫許及晉侯盟于赤棘秋王師敗績于茅戎

晉侯使瑕嘉平戎於王劉康公徼戎將伐之叔服曰背盟而欺大國此必敗不聽遂伐之敗績于徐吾氏

書曰王師敗績于茅戎言自敗也桓五年王伐鄭鄭人大敗王師射王中肩書伐而不書敗蓋諱之也若茅戎之敗非自敗也則亦書王師伐茅戎可也以為背盟而欺大國此自敗之道而非人敗之也此所以不諱敗也

冬十月

二年春齊侯伐我北鄙夏四月丙戌衛孫良夫帥師及齊師戰于新築衛師敗績六月癸酉季孫行父臧孫許

叔孫僑如公孫嬰齊帥師會晉郤克衛孫良夫曹公子首及齊侯戰于鞌齊師敗績

齊侯侵虐魯衛故魯衛乞師于晉以伐之魯四子皆卿故書諸侯用兵亦有卿皆行者不書略外也

秋七月齊侯使國佐如師己酉及國佐盟于袁婁

召陵之盟制在屈完故不稱使而書曰來盟于師盟于召陵袁婁之盟受命於君而可否在晉故書曰齊侯使國佐如師己酉及國佐盟于袁婁時師及齊國

都退而與之盟也

八月壬午宋公鮑卒庚寅衛侯速卒取汶陽田冬楚師鄭師侵衛十有一月公會楚公子嬰齊于蜀丙申公及楚人秦人宋人陳人衛人鄭人齊人曹人邾人薛人鄫人盟于蜀

宣公季年求好于楚莊王二君卒而不果成公即位而受盟于晉又有搴之師故楚公子嬰齊救齊悉師以行彭名御戎蔡景公為左許靈公為右侵衛及魯

楚自城濮之敗不競於晉莊王雖入陳圍鄭及宋而
未嘗合諸侯及蜀之盟諸侯從之者十有一國晉不
敢爭自是與晉力爭諸侯其大夫列於聘會與齊晉
齒春秋之法公不會大夫今公會嬰齊而不為公諱
以為楚師之強不從則國病為國故許之也然其盟
十一國也諸侯實畏晉而竊與之盟故嬰齊與秦右
大夫說宋華元陳公孫寧衛孫良夫鄭公子去疾齊
大夫皆稱人葢諸侯背晉而竊與楚盟是以略之也

其後四十二年晉趙武楚屈建合諸侯于宋然後晉楚之從得交相見又八年楚靈王求諸侯于晉晉人許之然後諸侯公得與楚盟耳蔡侯許男不列於會乘楚車也齊後於鄭非卿也

三年春王正月公會晉侯宋公衛侯曹伯伐鄭辛亥葬衛穆公二月公至自伐鄭甲子新宮災三日哭乙亥葬宋文公夏公如晉鄭公子去疾帥師伐許公至自晉秋叔孫僑如帥師圍棘大雩晉郤克衛孫良夫伐廧咎如

冬十有一月晉侯使荀庚來聘衛侯使孫良夫來聘丙午及荀庚盟丁未及孫良夫盟鄭伐許

許恃楚而不事鄭鄭一歲再伐之書曰鄭伐許狄之也罪未至此或者書鄭人伐許而闕文耳

四年春宋公使華元來聘三月壬申鄭伯堅卒杞伯來朝夏四月甲寅臧孫許卒公如晉葬鄭襄公秋公至自晉冬城鄆鄭伯伐許

五年春王正月杞叔姬來歸仲孫蔑如宋夏叔孫僑如

會晉荀首于穀梁山崩秋大水冬十有一月己酉天王崩十有二月己丑公會晉侯齊侯宋公衛侯鄭伯曹伯邾子杞伯同盟于蟲牢

六年春王正月公至自會二月辛巳立武宮取鄟衛孫良夫帥師侵宋夏六月邾子來朝公孫嬰齊如晉壬申鄭伯費卒秋仲孫蔑叔孫僑如帥師侵宋楚公子嬰齊帥師伐鄭冬季孫行父如晉晉欒書帥師救鄭

七年春王正月鼷鼠食郊牛角改卜牛鼷鼠又食其角

乃免牛吳伐郯

吳太伯之後其爵曰子其稱吳夷之也以其不通中國而用夷禮故也

夏五月曹伯來朝不郊猶三望秋楚公子嬰齊帥師伐鄭公會晉侯齊侯宋公衛侯曹伯莒子邾子杞伯救鄭八月戊辰同盟于馬陵公至自會吳入州來冬大雩衛孫林父出奔晉

八年春晉侯使韓穿來言汶陽之田歸之于齊

汶陽之田本魯之侵地鞌之戰晉人使齊人歸之今
以齊之服事晉也而使魯歸之非義也
晉欒書帥師侵蔡公孫嬰齊如莒宋公使華元來聘夏
宋公使公孫壽來納幣
昏禮不稱主人此其稱使何也無以主昏詞窮也納
幣不書此何以書公孫壽卿也春秋於伯姬之嫁書
之最詳納幣致女以卿媵以非禮公羊穀梁不達也
皆以為録伯姬失之矣

晉殺其大夫趙同趙括

趙嬰通于趙莊姬趙同趙括放之于齊莊姬譖之同括將為亂晉侯殺之稱國以殺殺無罪也

秋七月天子使召伯來賜公命冬十月癸卯杞叔姬卒

晉侯使士爕來聘叔孫僑如會晉士爕齊人邾人伐郯

衛人來媵

九年春王正月杞伯來逆叔姬之喪以歸公會晉侯齊侯宋公衛侯鄭伯曹伯莒子杞伯同盟于蒲公至自會

二月伯姬歸于宋夏季孫行父如宋致女晉人來媵秋

七月丙子齊侯無野卒晉人執鄭伯

鄭伯既受盟於蒲楚人以重賂誘之復會楚公子成

於鄧故晉人執之鄭伯背盟而貳於楚稱人以執不

得為伯討者晉方不信於諸侯有以致之也

晉欒書帥師伐鄭冬十有一月葬齊頃公楚公子嬰齊

帥師伐莒庚申莒潰楚人入鄆秦人白狄伐晉鄭人圍

許

晉人執鄭伯鄭公孫申曰我出師以圍許為將改立君者而紓晉使晉必歸君鄭人從之

城中城

十年春衛侯之弟黑背帥師侵鄭夏四月五卜郊不從乃不郊五月公會晉侯齊侯宋公衛侯曹伯伐鄭

鄭人立世子髡頑欒書曰鄭人立君我執一人何益不如伐鄭歸其君以求成焉於是晉侯有疾立世子州蒲為君以會父在而稱晉侯失父子之道矣

齊人來媵丙午晉侯獳卒秋七月公如晉

公親弔晉喪非禮也晉人止公使送葬諸侯莫在魯

人恥之故不書其葬諱之也

冬十月

十有一年春王三月公至自晉晉侯使郤犫來聘己丑

及郤犫盟夏季孫行父如晉秋叔孫僑如如齊冬十月

十有二年春周公出奔晉

周公楚惡襄惠之偪且與伯輿爭政不勝而出王使

劉子復之盟于鄍而入三日復出凡自周無出周公自出故書曰周公出奔晉

夏公會晉侯衛侯于瑣澤秋晉人敗狄于交剛冬十月

十有三年春晉侯使郤錡來乞師

晉盟主也其用諸侯之師多矣未嘗乞師也今以列國之禮乞師善之也

三月公如京師夏五月公自京師遂會晉侯齊侯宋公衛侯鄭伯曹伯邾人滕人伐秦

公將與諸侯伐秦不敢過京師則朝焉非以朝行也
不書公朝於京師而書公如京師若以朝行然何也
方其未朝也未嘗有事是以置其情而書其迹内詞
也且明君臣之禮也
曹伯廬卒于師秋七月公至自伐秦冬葬曹宣公
十有四年春王正月莒子朱卒夏衛孫林父自晉歸于
衛
晉侯使郤犨送孫林父于衛衛人復之故書曰自晉

歸于衛
秋叔孫僑如如齊逆女鄭公子喜帥師伐許九月僑如
以夫人婦姜氏至自齊冬十月庚寅衛侯臧卒秦伯卒
十有五年春王二月葬衛定公三月乙巳仲嬰齊卒癸
丑公會晉侯衛侯鄭伯曹伯宋世子成齊國佐邾人同
盟于戚晉侯執曹伯歸于京師
十三年曹伯盧卒于師曹人使公子負芻守使公子
欣時逆曹伯之喪負芻殺其世子而自立故晉侯會

于戚以討之稱侯以執執有罪也歸之于京師禮也春秋之書執諸侯者多矣惟是為得禮於是諸侯將見欣時於王而立之欣時曰前志有之聖達節次守節下失節為君非吾節也雖不能聖敢失守乎遂逃奔宋故曹伯雖失國而不名曹無君故也

公至自會夏六月宋公固卒楚子伐鄭秋八月庚辰葬宋共公宋華元出奔晉宋華元自晉歸于宋宋殺其大夫山宋魚石出奔楚

宋華元爲右師魚石爲左師蕩澤爲司馬華喜爲司徒公孫師爲司城向爲人爲大司寇鱗朱爲少司寇向帶爲大宰魚府爲少宰蕩澤弱公室殺公子肥華元不能討乃出奔晉二華戴族也司城莊族也六官皆桓族也魚石將止華元魚府曰右師反必討是無桓氏也魚石曰彼多大勳國人與之不反懼桓氏之無祀於宋也乃止華元于河上請討許之乃反使華喜公孫師帥國人攻蕩氏殺子山魚石向爲人鱗朱

向帶魚府出舍於睢上華元止之不可遂奔楚華元
之奔晉也未至而復其書曰華元出奔晉且書自晉
歸於宋何也元將討山而知力之不能故奔奔而國
人許之討故歸故其討山也雖其族人莫敢救之者
故書曰宋華元出奔晉宋華元自晉歸于宋言其出
入之正是以能討山也使元懷禄顧寵重於出奔則
不能討山矣鄭子産為政豐卷將祭請田弗許卷退
而徵役子産奔晉子皮止之歸而逐卷亦猶是也山

之不氏背其宗也山實有罪而稱國以殺何也殺一大夫而國幾於亂非外也出者五人而獨稱魚石何也魚石卿也

冬十有一月叔孫僑如會晉士燮齊高無咎宋華元衛孫林父鄭公子鰌邾人會吳于鍾離

吳夷未嘗與中國會晉為之合諸侯而會之特書曰會吳于鍾離言以吳為會也

許遷于葉

十有六年春王正月雨木冰

雨木冰五行木不曲直庶證常寒之罰也劉歆謂上陽施不下通下陰施不上通故雨而木為之冰唐遜皇帝以為木稼者是也木稼蓋木介爾此記異也

夏四月辛未滕子卒鄭公子喜師師侵宋六月丙寅朔日有食之晉侯使欒黶來乞師甲午晦晉侯及楚子鄭伯戰于鄢陵楚子鄭師敗績楚殺其大夫公子側

鄢陵之敗也楚以一敗殺之故稱國以殺

秋公會晉侯齊侯衛侯宋華元邾人于沙隨不見公
鄢陵之戰公將會之叔孫僑如通於穆姜欲去季孟
而取其室公待於壞隤設守而後行故不及於戰沙
隨之會僑如使告於晉曰魯侯待於壞隤以待勝者
故晉侯不見公桓十年公會衛侯於桃丘弗遇弗遇
者不來會也不見公者來而不見也皆曲在外也
公至自會公會尹子晉侯齊國佐邾人伐鄭曹伯歸自
京師

公子欣時既奔宋曹人請復曹伯于晉晉侯謂欣時反吾歸而君欣時反曹伯歸欣時置邑與卿而不出賢哉欣時之不取爲君也曹雖失君而免於爭國之亂故書曰曹伯歸自京師言無所與爭者也凡諸侯之歸必書曰自某歸於某自某某有奉也歸於某求歸也其曰歸自京師者京師無奉而曹伯不求也非欣時之賢而能至此乎凡諸侯出而國無君者於歸名之曹伯之歸而不名者爲欣時故也

九月晉人執季孫行父舍之于苕丘

公之會伐鄭也僑如復使告于晉曰季孫將背晉而事齊楚故晉人為之執行父范文子不可乃許魯平而赦季孫執內大夫而不於其國故復言其所而志之也

冬十月乙亥叔孫僑如出奔齊十有二月乙丑季孫行父及晉郤犨盟于扈公至自會乙酉刺公子偃

十有七年春衛北宮括帥師侵鄭夏公會尹子單子晉

侯齊侯宋公衛侯曹伯邾人伐鄭六月乙酉同盟于柯
陵

書同盟鄭叛也齊晉之戚天子之大夫會而不盟尊
周也柯陵之會尹子單子始與諸侯之盟自是習以
為常非禮也

秋公至自會齊高無咎出奔莒

齊慶克通于聲孟子與婦人蒙衣乘輦以入鮑牽見
之以告國佐國佐召慶克而謫之夫人怒公反自伐

鄭夫人愬之曰高鮑將不納君而立公子角公不察

刖鮑牽而逐高無咎無咎之子弱以盧叛

九月辛丑用郊晉侯使荀罃來乞師冬公會單子晉侯

宋公衛侯曹伯齊人邾人伐鄭十有一月公至自伐鄭

壬申公孫嬰齊卒于貍脤

嬰齊從於伐鄭還而道卒大夫卒不地其地在外也

案下十二月丁巳朔則壬申非十一月失之矣

十有二月丁巳朔日有食之邾子貜且卒晉殺其大夫

郤錡郤犨郤至

晉厲公侈反自鄢陵將盡去諸大夫而立其左右三郤族大而多怨謀先誅之郤氏知之郤錡欲攻公郤至止之皆靖以待命公使長魚僑殺之郤氏雖多怨於民而公殺之不以其罪故稱國以殺言刑之過也

楚人滅舒庸

十有八年春王正月晉殺其大夫胥童

胥童厲公之嬖臣也與厲公謀殺三郤又執欒書中

行偃將殺之公不許公使胥童爲卿書偃既執厲公
乃先殺童童雖道君爲亂然書偃自是以弑君故稱
國以殺
庚申晉弑其君州蒲
欒書中行偃實弑厲公然而厲公淩虐其臣民以及
於禍故稱國以弑罪在君也
齊殺其大夫國佐
齊以高弱之叛使崔杼慶克圍盧國佐從諸侯圍鄭

以難請而歸遂如盧師殺慶克以穀叛齊侯殺之佐雖以專殺叛君為罪然其咎發於慶克齊人右慶氏而殺佐故稱國以殺罪累上也

公如晉夏楚子鄭伯伐宋宋魚石復入于彭城

楚子伐宋納魚石向為人鱗朱向帶魚府于彭城而封之不曰納魚石將言魚石之復入故也宣十一年楚子入陳納公孫寧儀行父于陳則何以不言入寧行父則有罪矣楚子討其罪人而納之疑若楚子之

無罪也將正楚子之罪是以言納而不言其入也魚石之入不曰自楚何也言伐宋則自楚也不曰叛何也將以亂國非止叛也故宋魚石晉欒盈皆不曰叛

公至自晉晉侯使士匄來聘秋杞伯來朝八月邾子來朝築鹿囿己丑公薨于路寢冬楚人鄭人侵宋晉侯使士魴來乞師十有二月仲孫蔑會晉侯宋公衛侯邾子齊崔杼同盟于虛朾丁未葬我君成公

春秋集解卷八

春秋集解卷九

宋 蘇轍 撰

襄公

元年春王正月公即位仲孫蔑會晉欒黶宋華元衛甯殖曹人莒人邾人滕人薛人圍宋彭城

春秋書邑皆不繫其國以為邑不待國别而知也楚既取彭城以封魚石而猶書曰圍宋彭城者諸侯將取而歸之宋故致其意也或曰取宋之邑以封其叛

臣不于楚得之故終繫之宋也

夏晉韓厥帥師伐鄭仲孫蔑會齊崔杼曹人邾人杞人次于鄫

諸侯之師會晉伐鄭故次于鄫以待之

秋楚公子壬夫帥師侵宋九月辛酉天王崩邾子來朝

冬衛侯使公孫剽來聘晉侯使荀罃來聘

九月王崩十月訃未至於諸侯故雖不廢朝聘不爲非禮

二年春王正月葬簡王鄭師伐宋夏五月庚寅夫人姜氏薨六月庚辰鄭伯睔卒晉師宋師衛甯殖侵鄭

鄭雖以叛中國為罪而伐其喪非禮也

秋七月仲孫蔑會晉荀罃宋華元衛孫林父曹人邾人于戚己丑葬我小君齊姜叔孫豹如宋冬仲孫蔑會晉荀罃齊崔杼宋華元衛孫林父曹人邾人滕人薛人小邾人于戚遂城虎牢

虎牢鄭地也鄭久從楚諸侯歲為之興師於是城虎

牢以偪之明年而鄭受盟

申爲右司馬多受小國之賂以偪子重子辛罪不至

楚殺其大夫公子申

死而楚人殺之故稱國以殺

三年春楚公子嬰齊帥師伐吳公如晉夏四月壬戌公

及晉侯盟于長樗

禮諸侯不親盟於他國成二年公如晉晉人使陽處

父盟公三年雖改盟而猶盟於其國亦非禮也晉悼

公修禮於諸侯故去其國而與公盟於長樗禮也

公至自晉六月公會單子晉侯宋公衛侯鄭伯莒子邾子齊世子光巳未同盟於雞澤陳侯使袁僑如會戊寅叔孫豹及諸侯之大夫及陳袁僑盟

陳始亦從楚令尹子辛侵欲於小國故陳成公使袁僑求成於晉諸侯既盟而後袁僑至故復使大夫盟之殊及袁僑主盟袁僑也穀梁曰諸侯盟又大夫相與私盟大夫張也雞澤之會諸侯始失正矣夫大諸侯

不專敵袁僑而使大夫盟之禮也且悼公晉之明主

而以為失正則過矣

秋公至自會冬晉荀罃帥師伐許

許事楚故也

四年春王三月己酉陳侯午卒夏叔孫豹如晉秋七月

戊子夫人姒氏薨葬陳成公八月辛亥葬我小君定姒

冬公如晉陳人圍頓

五年春公至自晉夏鄭伯使公子發來聘叔孫豹鄫世

子巫如晉

四年公如晉請屬鄫故叔孫豹覿鄫世子于晉以成屬鄫書曰叔孫豹鄫世子巫如晉比之魯大夫也

仲孫蔑衛孫林父會吳于善道

晉將會吳使魯衛先與吳會且告會期故特書會吳也

秋大雩楚殺其大夫公子壬夫

楚人討陳叛故曰由壬夫實貪欲焉殺之壬夫則有

罪矣廢而勿用可也殺之過矣故稱國以殺

公會晉侯宋公陳侯衛侯鄭伯曹伯莒子邾子滕子薛伯齊世子光吳人鄫人于戚

成十五年會于鍾離是年會于善道十年會于柤十四年會于向皆特書會吳且命戍陳其不特書會吳為戍陳也吳之稱人與鄫皆列不可曰吳鄫人也鄫之復列於會魯人不利屬鄫也

公至自會冬戍陳

諸侯皆戍而獨書會者受命于戚無命告也

楚公子貞帥師伐陳公會晉侯宋公衛侯鄭伯曹伯齊世子光救陳十有二月公至自救陳辛未季孫行父卒

六年春王三月壬午杞伯姑容卒夏宋華弱來奔秋葬杞桓公滕子來朝莒人滅鄫冬叔孫豹如邾季孫宿如晉十有二月齊侯滅萊

七年春郯子來朝夏四月三卜郊不從乃免牲小邾子來朝城費秋季孫宿如衛八月螽冬十月衛侯使孫林

父來聘壬戌及孫林父盟楚公子貞帥師圍陳十有二月公會晉侯宋公陳侯衛侯曹伯莒子邾子于鄬鄭伯髡頑如會未見諸侯丙戌卒于鄵

鄭伯如會而名何也名其卒也鄭伯將會于鄬子駟相鄭伯不禮焉子駟使賊弑之而以瘧疾赴于諸侯然春秋從而信之何也君子不逆詐不億不信可欺以其方不可罔以非其道也彼以是告我我從而書之何病焉世之治也内有公卿大夫外有方伯連率

是將有發其姦者然後從而治之何後焉故春秋者
有待於史而後足非自以為史也世之為春秋而不
信史則過矣

陳侯逃歸

楚人以陳叛故殺公子壬夫而亟討陳雖諸侯救陳
而陳人不敢安也書曰逃歸以其背中國罪之也

八年春王正月公如晉夏葬鄭僖公鄭人侵蔡獲蔡公
子燮

鄭子國子耳爲晉侵蔡獲蔡公子燮鄭人皆喜子產曰小國無文德而有武功禍也晉楚爭鄭自此始矣自是晉楚之兵交至於鄭鄭人疾之書曰鄭人侵蔡無故犯楚以爲國患罪之也

季孫宿會晉侯鄭伯齊人宋人衛人邾人于邢丘

晉悼公脩文襄之業改命朝聘之數使諸侯之大夫聽命故公雖在晉而季孫宿與齊高厚宋向戌衛甯殖邾大夫會之鄭伯獻捷於會故親聽命大夫稱人

衆詞也其朝聘之節儉而有禮衆之所安也

公至自晉莒人伐我東鄙秋九月大雩冬楚公子貞帥

師伐鄭晉侯使士匄來聘

九年春宋災夏季孫宿如晉五月辛酉夫人姜氏薨秋

八月癸未葬我小君穆姜冬公會晉侯宋公衛侯曹伯

莒子邾子滕子薛伯杞伯小邾子齊世子光伐鄭十有

二月己亥同盟于戲楚子伐鄭

十年春公會晉侯宋公衛侯曹伯莒子邾子滕子薛伯

杞伯小邾子齊世子光會吳子柤

特書會吳以吳爲會故也

夏五月甲午遂滅偪陽

偪陽小國妘姓晉將取之以封宋向戌因會而滅國

以封宋大夫非義也

公至自會楚公子貞鄭公孫輒帥師伐宋晉師伐秦秋

莒人伐我東鄙公會晉侯宋公衛侯曹伯莒子邾子齊

世子光滕子薛伯杞伯小邾子伐鄭

齊世子光先至於師晉人使長於滕明年遂先莒禮

小國之君當大國之卿齊世子之先子男禮之失也

冬盜殺鄭公子騑公子發公孫輒戍鄭虎牢

伐鄭之諸侯皆戍虎牢而獨書魯者受命於魯不復

告也二年城虎牢不繫於鄭邑不待國別而知也諸

侯既城虎牢非鄭地矣而繫之鄭諸侯將服鄭而歸

之故致其意也鄭之虎牢宋之彭城一也

楚公子貞帥師救鄭公至自伐鄭

十有一年春王正月作三軍夏四月四卜郊不從乃不郊鄭公孫舍之帥師侵宋

晉人再以諸侯伐鄭楚輒救之鄭人患之謀曰楚弱於晉晉不吾疾也晉疾楚將辟之何為而使晉師致死於我楚弗敢敵而後可固與也公孫舍之曰與宋為惡諸侯必至我從之盟楚師至吾又從之則晉怒甚矣晉能驟來楚將不能吾乃固與晉大夫說之於是侵宋以致晉師

公會晉侯宋公衛侯曹伯齊世子光莒子邾子滕子薛伯杞伯小邾子伐鄭秋七月已未同盟于亳城北公至自伐鄭楚子鄭伯伐宋

晉師歸楚子伐鄭鄭伯逆之遂伐宋從公孫舍之之謀也

公會晉侯宋公衛侯曹伯齊世子光莒子邾子滕子薛伯杞伯小邾子伐鄭會於蕭魚

鄭與會也八年鄭人侵蔡獲蔡公子燮自是晉楚爭

鄭五年之間晉人四以諸侯伐鄭楚輒救之晉用知罃之謀未嘗與楚人戰至是楚不能應遂全師以服鄭於是鄭固與晉二十餘年楚不能爭雖城濮之克不能過也

公至自會楚人執鄭行人良霄

鄭使良霄告絕于楚楚人執之書曰楚人執鄭行人言非其罪也

冬秦人伐晉

十有二年春王三月莒人伐我東鄙圍台季孫宿帥師
救台遂入鄆夏晉侯使士魴來聘秋九月吳子乘卒冬
楚公子貞帥師侵宋公如晉
十有三年春公至自晉夏取邿秋九月庚辰楚子審卒
冬城防
十有四年春王正月季孫宿叔老會晉士匄齊人宋人
衛人鄭公孫蠆曹人莒人邾人滕人薛人杞人小邾人
會吳于向

十三年楚人大敗吳師吳告敗于晉晉人為之合諸侯以謀楚故特書曰會吳于向季孫宿叔老皆卿也卿為卿介非禮也齊崔杼宋華閱衛北宮括稱人惰也

二月乙未朔日有食之夏四月叔孫豹會晉荀偃齊人宋人衛北宮括鄭公孫蠆曹人莒人邾人滕人薛人杞人小邾人伐秦己未衛侯出奔齊

衛侯多行無禮於其國孫林父與甯殖出之而立公

孫剽此出而國有君者也其曰衛侯而不名者何也
魯使厚成叔弔于衛厚孫歸語臧武仲曰衛君其必
歸乎有大叔儀以守有母弟鱄以出或撫其内或營
其外能無歸乎又使臧孫嗇衛侯衛侯與之言虐退
而告人曰衛侯不得入矣子展子鮮聞之見臧孫與
之言道臧孫曰衛侯其必入二子者或輓之或推之
欲無入得乎故於其出奔及其入于夷儀也皆書衛
侯而不名言其有歸道也及其歸而後書曰衛侯衎

復歸于衛此所謂出而國無君者於歸名之也衛雖
有君而衎有歸道焉猶無君也
莒人侵我東鄙秋楚公子貞帥師伐吳冬季孫宿會晉
士匄宋華閱衛孫林父鄭公孫蠆莒人邾人于戚
十有五年春宋公使向戌來聘二月己亥及向戌盟于
劉劉夏逆王后于齊
外逆女不書過我不書天子之大夫不名書劉夏非
大夫也夏從單靖公以逆而獨書夏過我也

夏齊侯伐我北鄙圍成公救成至遇季孫宿叔孫豹帥

師城成郛

備齊也城雖不時非譏也

秋八月丁巳日有食之邾人伐我南鄙冬十有一月癸

亥晉侯周卒

十有六年春王正月葬晉悼公三月公會晉侯宋公衛

侯鄭伯曹伯莒子邾子薛伯杞伯小邾子于溴梁戊寅

大夫盟

衛侯剽也二十五年衛侯入于夷儀衎也二君皆稱
衛侯猶鄭突及儀皆稱鄭伯也晉平公即位而為溴
梁之會以諸侯燕于溫使諸大夫舞曰歌詩必類齊
高厚之詩不類荀偃怒曰諸侯有異志矣使諸大夫
盟高厚高厚逃歸於是叔孫豹晉荀偃宋向戌衛甯
殖鄭公孫蠆曹莒邾薛杞小邾之大夫盟夫壯丘之
會諸侯既次于匡書曰公孫敖帥師及諸侯之大夫
救徐雞澤之會諸侯既盟而陳侯使袁僑如會書曰

叔孫豹及諸侯之大夫及陳袁僑盟今諸侯既會將使大夫盟高厚高厚逃歸則書曰叔孫豹及諸侯之大夫盟可也獨書曰大夫盟何也諸侯既會而燕使諸大夫舞既非禮矣又曰歌詩必類求之無已而高厚不從過在晉也荀偃怒而使大夫盟高厚欲以强服諸侯則政在大夫也政在大夫以義服人猶可强則亂矣自是晉政在六卿故獨書大夫盟言無君也晉人執莒子邾子以歸齊侯伐我北鄙夏公至自會五

月甲子地震叔老會鄭伯晉荀偃衛甯殖宋人伐許秋

齊侯伐我北鄙圍郕大雩冬叔孫豹如晉

十有七年春王二月庚午邾子牼卒

十六年晉人執莒子邾子今書邾子牼卒則既釋之

矣不書其歸不告也

宋人伐陳夏衛石買帥師伐曹秋齊侯伐我北鄙圍桃

高厚帥師伐我北鄙圍防

不稱齊高厚見其亟伐也

九月大雩宋華臣出奔陳

華臣弱臯比之室使賊殺其宰華吳宋公怒將逐之

故懼而出奔

冬邾人伐我南鄙

十有八年春白狄來夏晉人執衛行人石買

十七年石買侵曹取重丘曹人訴之晉晉人因其使

而執之買則有罪而執之於其使則非禮也故書曰

執衛行人石買

秋齊師伐我北鄙冬十月公會晉侯宋公衛侯鄭伯曹伯莒子邾子滕子薛伯杞伯小邾子同圍齊曹伯負芻卒于師楚公子午帥師伐鄭

十有九年春王正月諸侯盟于祝柯晉人執邾子公至自伐齊取邾田自漷水

成元年晉人敗齊于鞌使齊人歸我汶陽之田書曰取汶陽田不言齊魯地也本以晉命取田于邾故書曰取邾田自漷水言非魯地也

季孫宿如晉葬曹成公夏衛孫林父帥師伐齊秋七月

辛卯齊侯環卒晉士匄帥師侵齊至穀聞齊侯卒乃還

八月丙辰仲孫蔑卒齊殺其大夫高厚

齊侯出其世子光而立其少子牙使高厚傅之齊侯

疾病崔杼逆光而立之光殺牙杼殺高厚而并其室

故稱國以殺罪累上也

鄭殺其大夫公子嘉冬葬齊靈公城西郛叔孫豹會晉

士匄于柯城武城

二十年春王正月辛亥仲孫速會莒人盟于向夏六月

庚申公會晉侯齊侯宋公衛侯鄭伯曹伯莒子邾子滕

子薛伯杞伯小邾子盟于澶淵秋公至自會仲孫速帥

師伐邾蔡殺其大夫公子燮

蔡文侯欲事晉畏楚不能行而卒楚人使蔡無常公

子燮求從先君以利蔡蔡人殺之稱國以殺非其罪

也

蔡公子履出奔楚陳侯之弟黄出奔楚

陳慶虎慶寅畏公子黄之偪愬諸楚曰與蔡司馬同謀楚人以為討黄出愬于楚書曰陳侯之弟罪陳侯也

叔老如齊冬十月丙辰朔日有食之季孫宿如宋

二十有一年春王正月公如晉邾庶其以漆閭丘來奔

庶其邾大夫也邾莒之大夫不書微也特書庶其重地也以地叛雖賤必書地以名其人終為不義弗可滅矣或求名而不得或欲蓋而名章齊豹為衛司寇

作而不義其書為盜邾庶其莒牟夷邾黑肱以土地出求食而已不求其名賤而必書此二物者所以懲肆而去貪也若艱難其身以險危大人而有名章徹攻難之士將奔走之若竊邑叛君以徼大利而無名貪冒之人將寘力焉故春秋書齊豹曰盜三叛人名所以懲不義惡無禮也左氏之說云爾予因其說而申之曰春秋之法小國之大夫不書然紀裂繻來逆女則書以其接我也接我以禮而書貴之也小國之

大夫來奔者亦衆矣雖接我而不書法也惟以地來奔則書惡其接我以利也然魯人非大夫而以地出奔者猶不書何也以利接我雖微必書詳内也以利接外以微故不書略外也略外而詳内此聖人處己之厚也

夏公至自晉秋晉欒盈出奔楚九月庚戌朔日有食之

冬十月庚辰朔日有食之曹伯來朝公會晉侯齊侯宋公衛侯鄭伯曹伯莒子邾子于商任

錮欒氏非禮也古者大夫去國君使人道之出疆又先於其所往

二十有二年春王正月公至自會夏四月秋七月辛酉叔老卒冬公會晉侯齊侯宋公衛侯鄭伯曹伯莒子邾子薛伯杞伯小邾子于沙隨公至自會楚殺其大夫公子追舒

追舒爲令尹而寵觀起未益祿而有馬數十乘楚人患之故誅追舒罪不至死故稱國以殺

二十有三年春王二月癸酉朔日有食之三月已巳杞伯匄卒夏邾畀我來奔葬杞孝公陳殺其大夫慶虎及慶寅陳侯之弟黄自楚歸于陳

陳侯如楚公子黄愬二慶于楚楚人召之二慶以陳叛楚屈建從陳侯圍陳陳殺二慶而納黄二慶之罪當死而陳不能誅也因楚而後克之故稱國以殺所以病陳也二慶死則黄之歸無難矣

晉欒盈復入于晉入于曲沃

欒盈在齊晉將嫁女于吳齊侯使析歸父媵之以藩載欒盈納諸曲沃盈帥曲沃之甲以入晉不勝反入曲沃書曰復入晉人之怨欒氏者衆難於復入也不書自齊何也齊之納盈非以兵明納之也譬如盜賊私納之耳故不書自齊

秋齊侯伐衛遂伐晉八月叔孫豹帥師救晉次于雍榆

己卯仲孫速卒冬十月乙亥臧孫紇出奔邾晉人殺欒盈齊侯襲莒

二十有四年春叔孫豹如晉仲孫羯帥師侵齊夏楚子伐吳秋七月甲子朔日有食之既齊崔杼帥師伐莒大水八月癸巳朔日有食之公會晉侯宋公衛侯鄭伯曹伯莒子邾子滕子薛伯杞伯小邾子于夷儀冬楚子蔡侯陳侯許男伐鄭公至自會陳鍼宜咎出奔楚叔孫豹如京師大饑

二十有五年春齊崔杼帥師伐我北鄙夏五月乙亥齊崔杼弑其君光

齊侯背晉與楚且亂崔杼之室雖無道而崔杼立光
殺光無君之心不可恐也故稱崔杼
公會晉侯宋公衛侯鄭伯曹伯莒子邾子滕子薛伯杞
伯小邾子于夷儀六月壬子鄭公孫舍之帥師入陳秋
八月己巳諸侯同盟于重丘公至自會衛侯入于夷儀
楚屈建帥師滅舒鳩冬鄭公孫夏帥師伐陳十有二月
吳子遏伐楚門于巢卒
吳子伐楚而名何也名其卒也吳子伐楚而門于巢

巢牛臣射而殺之不言滅何也死而非獲也死而非獲則卒也

二十有六年春王二月辛卯衛甯喜弑其君剽

衛侯衎入于夷儀使衛甯喜求復故喜弑剽而納衎不言衎之弑而言喜之弑何也喜弑而後衎得入則弑君之罪喜專之也

衛孫林父入于戚以叛

林父始與甯殖出衎而立剽甯喜納衎故林父以戚

如晉書曰叛非以亂國將以自封也

甲午衛侯衎復歸于衛夏晉侯使荀吳來聘公會晉人鄭良霄宋人曹人于澶淵秋宋公殺其世子痤晉人執衛甯喜八月壬午許男甯卒于楚冬楚子蔡侯陳侯伐鄭葬許靈公

二十有七年春齊侯使慶封來聘夏叔孫豹會晉趙武楚屈建蔡公孫歸生衛石惡陳孔奐鄭良霄許人曹人于宋

宋向戌善於晉趙武又善於楚屈建故會晉楚而求弭諸侯之兵既會楚人衷甲將盟又爭先晉人從而先之不較也然春秋書之卒先晉而後楚何也晉固主諸侯矣楚雖以力加之而晉之所以先諸侯者猶在也春秋豈以一時之先而易其所常先哉是以卒先晉言先後之不可以力爭也郎之戰鄭實主兵而先齊衛亦猶是也

衛殺其大夫甯喜

衛侯既入而患甯喜之專也殺之喜雖弒君而於衛侯爲有功衛侯殺之則爲不義故稱國以殺

衛侯之弟鱄出奔晉

衛侯之入也使鱄與甯喜要言焉既殺甯喜鱄病其失言也故出書曰衛侯之弟鱄衛侯也

秋七月辛巳豹及諸侯之大夫盟于宋冬十有二月乙亥朔日有食之

二十有八年春無冰夏衛石惡出奔晉邾子來朝秋八

月大雩仲孫羯如晉冬齊慶封來奔十有一月公如楚

十有二月甲寅天王崩乙未楚子昭卒

二十有九年春王正月公在楚夏五月公至自楚庚午

衛侯衎卒閽弒吳子餘祭仲孫羯會晉荀盈齊高止宋

華定衛世叔儀鄭公孫段曹人莒人滕人薛人小邾人

城杞晉侯使士鞅來聘杞子來盟吳子使札來聘

吳自成七年伐郯而書之曰吳終於春秋無加焉唯

其卒則稱吳子戚之會則稱吳人柏舉之戰黄池之

會亦稱吳子其卒也不可以不稱子而戚以鄶柏舉
以蔡侯黄池以晉侯皆非進之也今其來聘也書子
書名進之也以札之賢而修禮於中國不可不進也
然終春秋曰吳蓋猶以夷終也

秋九月葬衛獻公齊高止出奔北燕冬仲孫羯如晉

三十年春王正月楚子使薳罷來聘夏四月蔡世子般
弑其君固

蔡侯為般娶于楚而通焉故及於弑君雖無道而罪

不及民故稱臣以弒

五月甲午宋災宋伯姬卒

外災不日略之也宋災何以書日日伯姬之卒也伯姬待姆而卒於火是以日其災也然則春秋賢伯姬乎君子謂伯姬女而不婦女待人婦義事也

天王殺其弟佞夫王子瑕奔晉

靈王崩儋括欲立王子佞夫佞夫弗知尹言多劉毅單蔑甘過鞏成殺佞夫括及瑕廖奔晉佞夫無罪五

臣以王故殺之而王弗察猶王殺之也故書曰天王殺其弟佞夫王子瑕奔晉括廖不書賤也

秋七月叔弓如宋葬宋共姬鄭良霄出奔許自許入于鄭鄭人殺良霄冬十月葬蔡景公晉人齊人宋人衛人鄭人曹人莒人邾人滕人薛人杞人小邾人會于澶淵宋災故

三十有一年春王正月夏六月辛巳公薨于楚宫秋九月癸巳子野卒己亥仲孫羯卒冬十月滕子來會葬癸

酉葬我君襄公十有一月莒人弑其君密州

莒子生去疾及展輿既立展輿又廢之莒子虐國人患之展輿因國人攻而弑之非獨其子也

春秋集解卷九

欽定四庫全書

春秋集解卷十

宋 蘇轍 撰

昭公

元年春王正月公即位叔孫豹會晉趙武楚公子圍齊國弱宋向戌衛齊惡陳公子招蔡公孫歸生鄭罕虎許人曹人于虢

晉楚尋宋之盟楚公子圍請讀舊書加書于牲上而不歃血故不書盟

三月取鄟夏秦伯之弟鍼出奔晉六月丁巳邾子華卒晉荀吳帥師敗狄于大鹵秋莒去疾自齊入于莒莒展輿出奔吳

去疾齊出也展輿吳出也密州之弑也去疾奔齊展輿立而奪羣公子秩羣公子召去疾齊人納之去疾之不稱公子將爲君也書曰入于莒展輿在也展輿雖逾年而不稱莒子不能君也

叔弓帥師疆鄆田葬邾悼公冬十有一月已酉楚子麇

卒楚公子比出奔晉

二年春晉侯使韓起來聘夏叔弓如晉秋鄭殺其大夫

公孫黑

駟黑富而無禮襄三十年攻良霄而殺之元年與游

楚爭室而逐之鄭人畏其彊不討也既又將作亂而

去游氏疾作而不克子産因其疾也數其罪而殺之

黑固有罪而鄭之所以誅之者亦殆矣是以稱國以

殺也

冬公如晉至河乃復季孫宿如晉

三年春王正月丁未滕子原卒夏叔弓如滕五月葬滕成公秋小邾子來朝八月大雩冬大雨雹北燕伯款出奔齊

四年春王正月大雨雹夏楚子蔡侯陳侯鄭伯許男徐子滕子頓子胡子沈子小邾子宋世子佐淮夷會于申

晉自平公始衰齊靈公莊公背之平公屢合諸侯以討焉襄二十五年齊莊公死齊與晉平晉侯自是不

復出與會盟其大夫趙武爲政諸侯少安然而晉日
益衰政在六卿故楚靈王合諸侯于申而晉不敢爭
楚自是益肆於中國

楚人執徐子秋七月楚子蔡侯陳侯許男頓子胡子沈
子淮夷伐吳執齊慶封殺之

齊慶封與於崔杼之亂及敗自魯奔吳吳封之朱方
楚子以力從諸侯而伐吳罪也而其誅慶封義也故
慶封雖在吳而謂之齊慶封言當其罪也凡執大夫

稱人此其序諸侯以執之何也序諸侯以伐吳不可復稱人也

遂滅賴九月取鄫冬十有二月乙卯叔孫豹卒

五年春王正月舍中軍

襄十一年作中軍三分公室而各有其一季氏盡征之叔孫氏臣其子弟孟氏取其半及其舍之四分公室季氏擇二二子各一皆盡征之而貢于公

楚殺其大夫屈申

楚子以屈申為貳於吳而殺之稱國以殺言無罪也
公如晉夏莒牟夷以牟婁及防茲來奔秋七月公至自
晉戊辰叔弓帥師敗莒師于蚡泉秦伯卒冬楚子蔡侯
陳侯許男頓子沈子徐人越人伐吳
越於是始見徐吳越雖與中國會盟皆以夷故不得
稱人今越始見而與徐皆稱人何也不可云沈子徐
越伐吳故也猶戚之會吳以鄫故稱人耳
六年春王正月杞伯益姑卒葬秦景公夏季孫宿如晉

葬杞文公宋華合比出奔衛秋九月大雩楚薳罷帥師伐吴冬叔弓如楚齊侯伐北燕

七年春王正月暨齊平

齊侯伐北燕將納燕伯款晏子曰不入燕有君矣民不貳吾君賄左右諂諛作大事不以信未嘗可也燕人歸燕姬賂以瑶罋玉櫝斝耳乃不克納二月庚午盟于濡上書平而不書其盟何也燕求於齊曰暨燕平齊求於燕曰暨齊平齊將以正燕而納女及賂反

求成焉書曰暨齊平所以病齊也不言其盟盟不足
信也穀梁曰以内及外曰暨凡言平始不平也齊魯
未嘗不平而何為平乎

三月公如楚叔孫婼如齊涖盟夏四月甲辰朔日有食
之秋八月戊辰衛侯惡卒九月公至自楚冬十有一月
癸未季孫宿卒十有二月癸亥葬衛襄公

八年春陳侯之弟招殺陳世子偃師夏四月辛丑陳侯
溺卒

陳哀公元妃鄭姬生世子偃師二妃生公子留下妃生公子勝二妃嬖留有寵屬之司徒招與公子過哀公有廢疾招過殺偃師而立留公縊而卒書招而不書過招首事也稱陳侯之弟以親親責之也

叔弓如晉楚人執陳行人干徵師殺之

徵師以哀公之喪赴于楚且告有立君公子勝愬于楚楚人殺之稱行人言非其罪也

陳公子留出奔鄭

楚將討陳故留出奔留既為君矣不曰陳留而曰陳公子留何也留立於招耳為君非留志也

秋蒐于紅陳人殺其大夫公子過大雩冬十月壬午楚師滅陳

楚靈王凌虐小國使公子棄疾帥師滅陳十一月滅蔡自以為功也故春秋書之皆曰楚師而不書其人所謂求名而不得者也或曰楚子虔誘蔡侯般殺之則稱楚子何也曰誘而殺之此盜賊之事而非所以

為功也書楚子賤也

執陳公子招放之于越殺陳孔奐

招之稱公子其兄亡矣孔奐招之黨也楚人宥招而

殺奐刑之辟也

葬陳哀公

九年春叔弓會楚子于陳許遷于夷

許人畏鄭求救于楚楚使公子棄疾遷之書曰許遷

于夷自遷也

夏四月陳災

陳已滅為楚縣而猶書陳災何也楚雖滅陳五年而陳復天未絶陳陳未亡故也公羊穀梁曰陳滅而書陳存陳也春秋非能存陳陳則未亡耳

秋仲孫貜如齊冬築郎囿

十年春王正月夏齊欒施來奔

齊欒施高彊皆嗜酒而惡陳氏鮑氏陳鮑及其醉而攻之不勝遂來奔高彊不書非卿也

秋七月季孫意如叔弓仲孫貜帥師伐莒戊子晉侯彪卒九月叔孫婼如晉葬晉平公十有二月甲子宋公成卒

十有一年春王二月叔弓如宋葬宋平公夏四月丁巳楚子虔誘蔡侯般殺之于申

般有弒君之罪而諸侯不能討十三年楚子將滅蔡而以好召蔡侯殺之因以滅蔡非討其罪也故名楚子而書其誘所以深罪楚子也若蔡侯之罪則見於

其弑矣

楚公子棄疾帥師圍蔡五月甲申夫人歸氏薨大蒐于比蒲仲孫貜會邾子盟于祲祥秋季孫意如會晉韓起齊國弱宋華亥衛北宮佗鄭罕虎曹人杞人于厥慭九月己亥葬我小君齊歸冬十有一月丁酉楚師滅蔡執蔡世子有以歸用之

楚子滅蔡用蔡世子有于岡山不稱楚子惡其求名也蔡侯死蔡世子既立矣其不稱蔡子而稱蔡世子

何也蔡侯死於楚不獲歸于蔡不斂不葬其子雖立不成君也是以稱世子而已君没既葬稱子未葬稱子某喪未至而稱世子固其宜也

十有二年春齊高偃帥師納北燕伯于陽

三年燕伯奔齊六年齊將納之而不克至是始納之其言納燕有君也名其出奔而不名其納不以高偃名燕伯君臣之禮也不言納之者燕未得所都也

三月壬申鄭伯嘉卒夏宋公使華定來聘公如晉至河

乃復五月葬鄭簡公楚殺其大夫成熊秋七月冬十月

公子慭出奔齊

季氏之臣南蒯怨季孫之不禮也將去季孫而立公子慭不克南蒯以費叛慭從公於晉還及郊聞亂遂奔齊

楚子伐徐晉伐鮮虞

晉荀吳偽會齊師假道於鮮虞以滅肥遂伐鮮虞晉雖以詐為罪而書曰晉伐鮮虞以夷狄書之過矣晉

獻公假道於虞以滅虢因以執虞公其滅虢也書晉師其執虞公也書晉人今伐鮮虞稱人若師可也特書晉深罪之也楚滅陳蔡而晉不救力誠不能君子不罪也能伐鮮虞而不救陳蔡力非不足也棄諸侯也故以夷書之

十有三年春叔弓帥師圍費夏四月楚公子比自晉歸于楚弒其君虔于乾谿

楚子之立也其弟比奔晉黑肱奔鄭及滅蔡以棄疾

為蔡公有觀從者事蔡朝吳曰令不封蔡蔡不封矣
以棄疾之命召比與黑肱既至蔡人奉棄疾帥陳蔡
不羮許葉之師以入楚楚子伐徐師于乾谿衆潰而
歸遂自殺也於是比為王黑肱為令尹棄疾為司馬
比將為君不曰楚比而曰公子比何也比之歸非其
謀也亂始於觀從而成於棄疾以比為名而已為君
非比志也比不志於為君迫於觀從棄疾則其書曰
楚公子比弑其君虔何也比雖不志於君迫於觀從

棄疾而以身許之以致虔死則比雖爲不弑而弑君之名比尸之矣比之歸也虔猶在楚其不曰入何也觀從召之蔡人與之楚人不拒則比之歸無難也

楚公子棄疾殺公子比

比弑其君殺之不稱楚人而曰公子棄疾殺公子比何也棄疾非討其弑而代之也比既爲君矣不曰楚公子棄疾弑其君比何也衆雖以比爲君而比不當君也棄疾將以爲君不曰楚棄疾而曰公子棄疾何

也以親責之猶齊商人也

秋公會劉子晉侯齊侯宋公衛侯鄭伯曹伯莒子邾子滕子薛伯杞伯小邾子于平丘八月甲戌同盟于平丘公不與盟

八年晉成虒祁之宮諸侯朝而歸者皆有貳心十二年齊侯往朝于晉晉侯以齊侯燕投壺齊侯曰寡人中此與君代興晉人亦知其將貳也且為伐莒取郠故將以諸侯來討故會于平丘齊人不欲盟要之乃

可故書同盟有不同者故也桃丘之會書曰弗遇沙
隨之會書曰不見公可遇而彼弗吾遇可見而彼不
吾見皆曲在彼也今會以侵虐小國為罪諸侯有盟
而不得與故書曰公不與盟言罪在我不在彼也
晉人執季孫意如以歸公至自會蔡侯廬歸于蔡陳侯
吳歸于陳
楚棄疾即位復封陳蔡蔡世子有之子廬陳世子偃
師之子吳皆受封於楚而歸不曰蔡廬陳吳而曰蔡

侯廬陳侯吳既侯於楚也陳蔡既滅天子不能存諸侯不能救而楚復之春秋從而君之則許楚之專封歟曰非也春秋書陳蔡之自復而不書楚之復封陳蔡以為楚虔雖以强滅之而天下不與虔既死則其勢當自復故書廬吳之歸如國未始滅者使廬吳未侯於楚則將書之曰蔡廬陳吳而已以其既侯於楚也故書曰蔡侯廬陳侯吳然而不言其自楚歸則未嘗予楚之專封也

冬十月葬蔡靈公公如晉至河乃復吳滅州來

十有四年春意如至自晉三月曹伯滕卒夏四月秋葬曹武公八月莒子去疾卒冬莒殺其公子意恢

十有五年春王正月吳子夷末卒二月癸酉有事于武宮籥入叔弓卒去樂卒事

叔弓涖事於廟籥入而卒去樂卒事禮也雖不涖事聞其喪猶去樂也故君有事於廟聞大夫之喪去樂卒事大夫聞君之喪攝主而往大夫聞大夫之喪尸

事畢而往皆不廢祭也

夏蔡朝吳出奔鄭六月丁巳朔日有食之秋晉荀吳帥師伐鮮虞冬公如晉

十有六年春齊侯伐徐楚子誘戎蠻子殺之

楚子虔誘蔡侯般殺之于申名而書地夷而害中國疾之也楚子誘戎蠻子殺之不名不地夷狄相殺畧之也戎蠻子之不名告畧也

夏公至自晉秋八月己亥晉侯夷卒九月大雩季孫意

如如晉冬十月葬晉昭公

十有七年春小邾子來朝夏六月甲戌朔日有食之秋郯子來朝八月晉荀吳帥師滅陸渾之戎冬有星孛于大辰楚人及吳戰于長岸

十有八年春王三月曹伯須卒夏五月壬午宋衛陳鄭災六月邾人入鄅秋葬曹平公冬許遷于白羽

十有九年春宋公伐邾夏五月戊辰許世子止弑其君買

許悼公瘧飲世子止之藥而卒其以弒書之何也止雖不志乎弒其君由止以卒則亦止弒之也君由止以卒而不以弒君書之則臣將輕其君子將輕其父亂之道也故止之弒君雖異乎楚商臣蔡般也而春秋一之所以隆君父也今律過失殺人以贖論過失殺朞尊減殺人二等過失殺大父母減殺人一等而和御藥誤不如法者死父子之親許以情論至於君臣則情不勝法此葢春秋之遺意也

已卯地震秋齊髙發帥師伐莒冬葬許悼公

二十年春王正月夏曹公孫會自鄸出奔宋秋盜殺衛侯之兄縶

齊豹為衛司寇怨縶而殺之豹非小臣而書盜所謂求名而不得者也

冬十月宋華亥向寧華定出奔陳

宋元公無信多私而惡華向三大夫謀誘羣公子而殺之公如華氏請焉劫之而質其大子公怒攻之遂

出奔

十有一月辛卯蔡侯廬卒

二十有一年春王三月葬蔡平公夏晉侯使士鞅來聘

宋華亥向寧華定自陳入于宋南里以叛

宋司馬華費遂之子貙及多僚相惡多僚譖貙于公公將逐之貙殺多僚劫費遂而召亡人入居于宋之南里召吳楚以自救書曰入于宋南里與宋分國而居之也

秋七月壬午朔日有食之八月乙亥叔輒卒冬蔡侯朱出奔楚

蔡侯朱立楚費無極取貨於平公之弟東國謂蔡人曰朱不用命君王將立東國不然楚必圍蔡蔡人懼而出朱朱奔楚自訴不克

公如晉至河乃復

二十有二年春齊侯伐莒宋華亥向寧華定自宋南里出奔楚大蒐於昌間夏四月乙丑天王崩六月叔鞅如

京師葬景王王室亂

叔鞅至自京師知王室之亂而未知亂之所在也故書曰王室亂稱王室亂在兄弟也諸侯之亂未有不待事而書者不待事而書亂急王室也

劉子單子以王猛居于皇

景王世子壽蚤卒其次猛也子朝王之長庶也景王欲立子朝不克而崩劉子單子奉子猛爲王而子朝作亂故出居于皇以避之凡君未葬稱子某既葬稱

子景王既葬則猛稱王子可也不稱王子而稱王猛何也禮天子七月而葬景王以亂故三月而葬非禮也故與子以未葬之禮稱名雖然猛方與子朝爭子朝稱王子朝而猛稱王子猛皆王子則無以明正也特稱王猛所以明正也其言劉子單子以王猛居于皇猛幼制在劉單也

秋劉子單子以王猛入于王城

晉人助猛故得還入王城不言京師非王都也郟鄏

謂之王城成周謂之京師其言入子朝難之也

冬十月王子猛卒

猛旣稱王猛矣於其卒也稱王子猛何也春秋書名嚴於卒葬於其卒不得不正其本名也所謂非虆非葬名有所不必盡也

十有二月癸酉朔日有食之

二十有三年春王正月叔孫婼如晉癸丑叔鞅卒晉人執我行人叔孫婼

邾人城翼師自武城還魯人譎而取之邾人訴于晉
晉來討故叔孫婼如晉晉人執之稱行人言非其罪
也
晉人圍郊夏六月蔡侯東國卒于楚秋七月莒子庚輿
來奔戊辰吳敗頓胡沈蔡陳許之師于雞父胡子髡沈
子逞滅獲陳夏齧
吳伐州來楚薳越帥師及諸侯之師救之吳公子光
先敗六國之師楚師遂奔春秋書諸侯之師未有畧

而不序者今畧而不序何也頓胡沈皆君也蔡陳許皆大夫也將言及其君與大夫戰則未陳也將言敗其君與其大夫則胡子沈子滅陳大夫獲不可止言敗也故畧言敗其師而詳其滅獲於後葢亦記事之宜也且序其敗不以國之大小而以君大夫爲先後則亦微見之矣

天王居于狄泉尹氏立王子朝

王猛敬王當立也故不言其立言子朝之立明其不

當立也且尹氏立之非周人之欲立則與衛晉異矣尹氏者天子之卿也或稱尹子或稱尹氏何也時以氏稱之也詩曰王謂尹氏則尹之稱氏也舊矣或曰稱氏譏世卿也然則大雅之美宣王蓋亦譏世卿歟

八月乙未地震冬公如晉至河有疾乃復

二十有四年春王二月丙戌仲孫貜卒婼至自晉夏五月乙未朔日有食之秋八月大雩丁酉杞伯郁釐卒冬吳滅巢葬杞平公

二十有五年春叔孫婼如宋夏叔詣會晉趙鞅宋樂大
心衛北宫喜鄭游吉曹人邾人滕人薛人小邾人于黄
父有鸜鵒來巢秋七月上辛大雩季辛又雩九月己亥
公孫于齊次于陽州齊侯唁公于野井冬十月戊辰叔
孫婼卒十有一月己亥宋公佐卒于曲棘十有二月齊
侯取鄆
二十有六年春王正月葬宋元公三月公至自齊居于
鄆夏公圍成秋公會齊侯莒子邾子杞伯盟于鄟陵公

至自會居于鄆九月庚申楚子居卒冬十月天王入于成周尹氏召伯毛伯以王子朝奔楚

二十有七年春公如齊公至自齊居于鄆夏四月吳弑其君僚楚殺其大夫郤宛秋晉士鞅宋樂祁犂衛北宫喜曹人邾人滕人會于扈冬十月曹伯午卒邾快來奔公如齊公至自齊居于鄆

二十有八年春王三月葬曹悼公公如晉次于乾侯夏四月丙戌鄭伯寧卒六月葬鄭定公秋七月癸巳滕子

寧卒冬葬滕悼公

二十有九年春公至自乾侯居于鄆齊侯使高張來唁公公如晉次于乾侯夏四月庚子叔詣卒秋七月冬十月鄆潰

三十年春王正月公在乾侯

二十五年公出至此五年矣公雖在外而猶在魯因其出入而書之可也二十九年鄆潰公無所歸而寓于晉故於每年正月書曰公在乾侯所以存公也鄆

曰居乾侯曰在魯地公所得專晉地非所得專也

夏六月庚辰晉侯去疾卒秋八月葬晉頃公冬十有二月吳滅徐徐子章羽奔楚

三十有一年春王正月公在乾侯季孫意如會晉荀躒于適歷夏四月丁巳薛伯穀卒晉侯使荀躒唁公于乾侯秋葬薛獻公冬黑肱以濫來奔十有二月辛亥朔日有食之

三十有二年春王正月公在乾侯取闞夏吳伐越秋七

月冬仲孫何忌會晉韓不信齊高張宋仲幾衛世叔申
鄭國參曹人莒人薛人杞人小邾人城成周十有二月
己未公薨于乾侯

春秋集解卷十

欽定四庫全書

春秋集解卷十一　　　　宋　蘇轍　撰

定公

元年春王三月晉人執宋仲幾于京師夏六月癸亥公之喪至自乾侯戊辰公即位秋七月癸巳葬我君昭公九月大雩立煬宫冬十月隕霜殺菽

僖三十三年書隕霜不殺草今指言殺菽何也於其不殺而言草言其廣也於其殺而言菽言其所害也

二年春王正月夏五月壬辰雉門及兩觀災秋楚人伐吳冬十月新作雉門及兩觀

三年春王正月公如晉至河乃復二月辛卯邾子穿卒夏四月秋葬邾莊公冬仲孫何忌及邾子盟于拔

四年春王二月癸巳陳侯吳卒三月公會劉子晉侯宋公蔡侯衛侯陳子鄭伯許男曹伯莒子邾子頓子胡子滕子薛伯杞伯小邾子齊國夏于召陵侵楚夏四月庚辰蔡公孫姓帥師滅沈以沈子嘉歸殺之五月公及諸

侯盟于皐鼬杞伯成卒于會六月葬陳惠公許遷于容城秋七月公至自會劉卷卒葬杞悼公楚人圍蔡晉士鞅衛孔圉帥師伐鮮虞

昭十二年楚滅陳蔡晉人不救而伐鮮虞稱晉以夷之今晉既不爲蔡伐楚楚人圍蔡亦弗之救而於其伐鮮虞也稱晉士鞅衛孔圉何也晉雖有棄諸侯之罪而蔡無國滅之禍輕重之異也

葬劉文公冬十有一月庚午蔡侯以吴子及楚人戰于

柏舉楚師敗績楚囊瓦出奔鄭

楚平王殺伍奢其子員奔吳為吳行人囊瓦殺郤宛伯氏之族出伯州犂之孫嚭為吳太宰以謀楚故蔡侯因之以乞師囊瓦師師禦之吳稱子而囊瓦稱人何也吳以夷故不得稱人又不可言以吳特稱吳子書實也囊瓦以貪致寇不能死而出奔稱人賤之也

庚辰吳入郢

五年春王三月辛亥朔日有食之夏歸粟于蔡於越入

呉六月丙申季孫意如卒秋七月壬子叔孫不敢卒冬

晉士鞅帥師圍鮮虞

六年春王正月癸亥鄭游速帥師滅許以許男斯歸二

月公侵鄭公至自侵鄭夏季孫斯仲孫何忌如晉秋晉

人執宋行人樂祁犂冬城中城季孫斯仲孫忌帥師圍

鄆

七年春王正月夏四月秋齊侯鄭伯盟于鹹齊人執衞

行人北宮結以侵衞齊侯衞侯盟于沙大雩齊國夏帥

師伐我西鄙九月大雩冬十月

八年春王正月公侵齊公至自侵齊二月公侵齊三月

公至自侵齊曹伯露卒夏齊國夏帥師伐我西鄙公會

晉師于瓦公至自瓦秋七月戊辰陳侯柳卒晉士鞅帥

師侵鄭遂侵衛葬曹靖公九月葬陳懷公季孫斯仲孫

何忌帥師侵衛冬衛侯鄭伯盟于曲濮從祀先公

從順也先公閔僖也逆祀則稱躋僖公順祀則稱先

公何也徧祀先公也於是陽虎欲去三桓故順祀而

祈焉虎之謀去三桓亂也而其順祀則禮也春秋善惡不以相及各書其實而已

盜竊寶玉大弓

陽虎將殺季孫斯不勝而出取寶玉大弓寶玉大弓魯之分器也所謂夏后氏之璜與封父之繁弱是時陽虎以鄆讙龜陰叛奔齊十年侯犯以郈叛及昭十三年南蒯以費叛皆以賤不書其書竊寶玉大弓何也分器重於地分器重於地者賤貨而貴命也

九年春王正月夏四月戊申鄭伯蠆卒得寶玉大弓六月葬鄭獻公秋齊侯衛侯次于五氏

齊侯伐晉夷儀克之衛侯會之五氏言次而不言伐齊衛告次而不告伐也

秦伯卒冬葬秦哀公

十年春王三月及齊平夏公會齊侯于夾谷公至自夾谷晉趙鞅帥師圍衛齊人來歸鄆讙龜陰田叔孫州仇仲孫何忌帥師圍郈秋叔孫州仇仲孫何忌帥師圍郈

宋樂大心出奔曹

樂祁犂死於晉晉人止其喪以求成于宋宋使樂大心盟晉且逆祁犂之喪大心辭僞有疾祁犂之子溷譖而逐之

宋公子地出奔陳冬齊侯衛侯鄭游速會于安甫叔孫州仇如齊宋公之弟辰暨仲佗石彄出奔陳

十有一年春宋公之弟辰及仲佗石彄公子地自陳入于蕭以叛夏四月秋宋樂大心自曹入于蕭冬及鄭平

叔還如鄭涖盟
十有二年春薛伯定卒夏葬薛襄公叔孫州仇帥師墮郈衞公孟彄帥師伐曹季孫斯仲孫何忌帥師墮費秋大雩冬十月癸亥公會齊侯盟于黄十有一月丙寅朔日有食之公至自黄十有二月公圍成公至自圍成
仲由為季氏宰將墮三都於是叔孫氏墮郈季氏將墮費公山不狃叔孫輒帥費人以襲魯公與三子入于季氏之宫登武子之臺費人攻之入及公側仲尼

命申句須樂頎下伐之費人北二子奔齊遂墮費將墮成公斂處父不欲公圍之弗克不書三人之亂皆陪臣也或曰昭公將去季氏而失國孔子為魯而墮三都亦幾於亂孔子之為是何也曰昭公之去季氏而失國失民故也魯君之失民與三桓之得民久矣故將以治魯而不得三桓不可為也能得三桓而道之以禮樂猶可治也孔子為魯而仲由為季氏宰三家從之矣其不從者其家臣也家臣未能得魯衆也

雖其不從不能為患此孔子之所以墮三都而無疑也

十有三年春齊侯衛侯次于垂葭夏築蛇淵囿大蒐于比蒲衛公孟彄帥師伐曹秋晉趙鞅入于晉陽以叛冬晉荀寅士吉射入于朝歌以叛晉趙鞅歸于晉薛弒其君比

十有四年春衛公叔戍來奔衛趙陽出奔宋二月辛巳楚公子結陳公孫佗人帥師滅頓以頓子牂歸夏衛北

宫結來奔五月於越敗吴于檇李吴子光卒公會齊侯衛侯于牽公至自會秋齊侯宋公會于洮天王使石尚來歸脤

石尚天子之士也天子之士稱王人石尚之名以其接我特書也脤祭肉也禮助祭則受胙魯不助而歸之非禮也不然魯之助則微者也

衛世子蒯聵出奔宋衛公孟彄出奔鄭宋公之弟辰自蕭來奔大蒐于比蒲邾子來會公城莒父及霄

十有五年春王正月邾子來朝鼷鼠食郊牛牛死改卜牛二月辛丑楚子滅胡以胡子豹歸夏五月辛亥郊壬申公薨于高寢鄭罕達帥師伐宋齊侯衛侯次于渠蒢邾子來奔喪秋七月壬申姒氏卒八月庚辰朔日有食之九月滕子來會葬丁巳葬我君定公雨不克葬戊午日下昃乃克葬辛巳葬定姒冬城漆

春秋集解卷十一

欽定四庫全書

春秋集解卷十二　　宋　蘇轍　撰

哀公

元年春王正月公即位楚子陳侯隨侯許男圍蔡

定六年鄭滅許今復見者楚封之也

鼷鼠食郊牛改卜牛夏四月辛巳郊秋齊侯衛侯伐晉

冬仲孫何忌帥師伐邾

二年春王二月季孫斯叔孫州仇仲孫何忌帥師伐邾

取漷東田及沂西田癸巳叔孫州仇仲孫何忌及邾子盟于句繹

三子伐邾邾人賂以沂漷之田乃受盟再序大夫季孫不盟也

夏四月丙子衛侯元卒滕子來朝晉趙鞅帥師納衛世子蒯聵于戚

定十四年蒯聵將殺南子不克而出靈公卒衛人將立蒯聵之弟郢郢乃立蒯聵之子輒夫蒯聵得罪于

靈公而出則非世子矣其以世子書之何也以為靈公之卒衛人嘗立郢郢立則蒯聵非世子雖拒之可也衛人廢蒯聵而立輒則蒯聵猶世子也何也蒯聵廢則輒不當立輒立則蒯聵不廢靈公廢之而衛人立其子以成之雖欲不以世子名之可乎然則以世子名之何為而可曰不幸而立輒則輒當辭辭而不獲則致國乎蒯聵如是而後可子路問於孔子曰衛君待子而為政子將奚先曰必也正名乎名不正則

言不順言不順則事不成事不成則禮樂不興禮樂不興則刑罰不中刑罰不中則民無所措手足故君子名之必可言也言之必可行也君子於其言無所苟而已矣若輒以世子之子立而拒世子蒯聵稱世子而不得立得為正名乎雖然世子不言納世子當立者也當立者無所事納矣稱世子而言納見其非世子而衛人以為世子耳

秋八月甲戌晉趙鞅帥師及鄭罕達帥師戰于鐵鄭師

敗績冬十月葬衛靈公十有一月蔡遷于州來蔡殺其
大夫公子駟
元年楚將遷蔡于江汝之間蔡於是請遷于吳書曰
蔡遷于州來自遷也蔡請遷于吳旣而悔之吳以師
遷之故殺駟以說稱國以殺非其罪也
三年春齊國夏衛石曼姑帥師圍戚
曼姑爲子圍父知其不義故推齊使爲兵首從而書
之罪之也

夏四月甲午地震五月辛卯桓宮僖宮災季孫斯叔孫州仇帥師城啓陽宋樂髡帥師伐曹秋七月丙子季孫斯卒蔡人放其大夫公孫獵于吳冬十月癸卯秦伯卒叔孫州仇仲孫何忌帥師圍邾

四年春王二月庚戌盜殺蔡侯申蔡公孫辰出奔吳葬秦惠公宋人執小邾子夏蔡殺其大夫公孫姓公孫霍

當書蔡人殺其大夫不言人闕文也

晉人執戎蠻子赤歸于楚

楚人圍蠻氏蠻子赤奔晉楚人求之晉人執而予之

晉主諸侯而為楚執其所滅罪之也僖二十八年晉

侯入曹執曹伯畀宋人其不曰畀楚人而曰歸于楚

何也曹非宋有而蠻子楚之所滅也

城西郛六月辛丑亳社災

亳社商社也周之滅商也以其社賜諸侯所謂亡國

之社也亡國之社必屋故災也

秋八月甲寅滕子結卒冬十有二月葬蔡昭公葬滕頃

公

五年春城毗夏齊侯伐宋晉趙鞅帥師伐衛秋九月癸

酉齊侯杵臼卒冬叔還如齊閏月葬齊景公

春秋不書閏月此其書閏何也喪事不數閏譏其以

閏月葬也

六年春城郛瑕晉趙鞅帥師伐鮮虞吳伐陳夏齊國夏

及高張來奔

齊景公無適子諸子鬻姒之子荼嬖公疾使國夏及

高張立荼寘羣公子於萊公卒陳乞將立陽生乃與

諸大夫謀先逐國高

叔還會吳于柤秋七月庚寅楚子軫卒齊陽生入于齊

陳乞召陽生于魯而匿之其家諸大夫莫之知且荼

猶在也故書入不稱公子將為君

齊陳乞弒其君荼

陳乞立陽生而遷荼於賴陽生使朱毛殺荼書曰陳

乞弒其君乞雖不弒而弒君之禍乞為之也

冬仲孫何忌帥師伐邾宋向巢帥師伐曹

七年春宋皇瑗帥師侵鄭晉魏曼多帥師侵衛夏公會吳于鄫秋公伐邾八月已酉入邾以邾子益來

魯入邾以邾子益來而不言滅何也邾大夫茅夷鴻保於茅請救於吳明年吳為之伐魯魯復邾子故不言滅邾既滅矣幸而得復故邾雖無君而於出名之

在外曰以歸在內曰以來內外之别也

宋人圍曹冬鄭駟弘帥師救曹

八年春王正月宋公入曹以曹伯陽歸

此滅曹也其不言滅何也曹伯陽好田弋曹之鄙人公孫彊獲白鴈而獻之且言田弋之説説之因訪政事大説之彊言霸説於曹伯曹伯從之乃背晉而奸宋宋人伐之晉人不救書曰宋公入曹而不書滅言自滅也猶虞之滅言晉人執虞公而不言滅也

吳伐我

不言西鄙而直言伐我兵加于國都也於是為城下

之盟而還不書諱之也

夏齊人取讙及闡

齊侯之在魯也季康子以其妹妻之即位而逆之季魴侯通焉女言其情弗敢與也齊侯怒故取讙及闡

歸邾子益于邾

齊侯以季姬故請師於吳將以伐魯故懼而歸邾子

秋七月冬十有二月癸亥杞伯過卒齊人歸讙及闡

魯歸季姬于齊故齊人歸二邑不言來歸歸邑而不

遣使也

九年春王二月葬杞僖公宋皇瑗帥師取鄭師于雍丘

夏楚人伐陳秋宋公伐鄭冬十月

十年春王二月邾子益來奔

八年魯歸益于邾益為無道吳討而因之使其大夫

奉其太子革以為政故出

公會吳伐齊

會夷狄以伐中國惡莫甚焉

三月戊戌齊侯陽生卒

八年齊侯請師于吳將以伐魯既而季姬有寵乃辭吳師吳子怒反與公伐齊齊人殺其君以説而以疾赴春秋從而書之猶鄭髡頑也

夏宋人伐鄭晉趙鞅帥師侵齊五月公至自伐齊葬齊悼公衛公孟彄自齊歸于衛

彄蒯聵之黨也靈公既沒則彄之歸無難矣

薛伯夷卒秋葬薛惠公冬楚公子結帥師伐陳吳救陳

十有一年春齊國書帥師伐我夏陳轅頗出奔鄭
轅頗為司徒賦封田以嫁公女有餘以為已大器故
國人逐之
五月公會吳伐齊甲戌齊國書帥師及吳戰于艾陵齊
師敗績獲齊國書
戰不言公公會伐而不會戰也
秋七月辛酉滕子虞母卒冬十有一月葬滕隱公衛世
叔齊出奔宋

齊初娶于宋子朝其娣嬖子朝出孔文子使齊出其妻而妻之齊寘其初妻之娣於犂如二妻文子怒而奪其妻或淫於外州外州人奪之軒以獻耻是二者故出

十有二年春用田賦

丘賦之法因其田財通出馬一匹牛三頭令别其田及家財各為一賦故曰田賦譏重斂也

夏五月甲辰孟子卒

孟子昭公夫人吳女也不稱夫人姬氏諱娶同姓也不書葬不祔于廟也語曰公娶于吳為同姓謂之吳孟子然則孟子者魯人之所以號昭夫人也春秋因而書之耳

公會吳于槖皐秋公會衛侯宋皇瑗于鄖宋向巢帥師伐鄭冬十有二月螽

周之十二月夏之十月不當有螽螽失閏也故季孫問於仲尼仲尼曰丘聞之火伏而後蟄者畢今火猶

西流司歷過也

十有三年春鄭罕達帥師取宋師于嵒夏許男成卒公會晉侯及吳子于黄池

襄十年會于柤十四年會于向皆書曰魯會諸侯會吳于某以吳為會故也其餘非以吳為會則書吳與諸侯鄫故戚之會吳以鄫故稱人黄池之會吳以晉侯故稱子不可言晉侯吳故也公羊曰吳稱子吳主會也穀梁曰進之也夫晉方主會而曰吳主會吳方

凌虐小國而曰進之可乎然則以晉侯及吳子何也

春秋有以邑相及有以大夫相及皆非義也猶以晉

侯及吳子也

楚公子申帥師伐陳於越入吳秋公至自會晉魏曼多

帥師侵衛葬許元公九月螽冬十有一月有星孛于東

方

旦而孛見故不得其次也

盜殺陳夏區夫

稱盜微者也

十有二月螽

十有四年春西狩獲麟

狩而不地為獲麟書略之也麟仁獸也出非其時孔子以自況也故春秋終焉然則春秋始於隱公而終於哀公何也自周之衰天下三變而春秋舉其中焉耳其始也雖幽厲失道王室昏亂而禮樂征伐猶出於天子諸侯畏周之威不敢肆也雖春秋將何施焉

及其中也平王東遷而周室不競諸侯自為政周道陵遲夷於列國迨隱之世習以成俗不可改矣然而文武成康之德猶在民未忘周也故齊桓晉文相繼而起莫不秉大義以尊周室會盟征伐以王命為首諸侯順之者存逆之者亡雖齊晉秦楚之强義之所在天下予之義之所去天下叛之世雖無王而其法猶在也故孔子作春秋推王法以繩不義知其猶可以此治也及其終也定哀以來齊晉既衰政出於大

夫繼之以吳越荊蠻之衆橫行於中國以勢力相吞滅禮義無所復施刑政無所復加雖欲舉王法以繩之而諸侯習於凶亂不可告語風俗靡然日入戰國是以春秋終焉由此觀之則春秋起於五伯之始而止於戰國之初隱哀適其時耳孔子曰禮樂征伐自諸侯出十世希不失矣自大夫出五世希不失矣自隱至昭而逐於季氏凡十世自宣至定而制於陽虎凡五世葢自隱以來諸侯始專而五伯之形成獲麟

之歲齊田常弑簡公自是以專齊其後二十八年韓趙魏自是以分晉而戰國之形成左丘明傳春秋止於知伯之亡古之達者蓋知之歟孟子曰王者之迹熄而詩亡詩亡然後春秋作夫二雅終於幽王而春秋作於平王蓋與變風止於陳靈陳靈之後六十餘年而獲麟變風之所不刺則春秋之所不書也

春秋集解卷十二

論語拾遺

欽定四庫全書提要

論語拾遺一卷宋蘇轍撰前有自序稱少年為論語略解其兄軾謫居黃州時據論語說取所解十之二三大觀丁亥閒居潁川為孫籀等講論語因取軾說之未安者重為此書軾書宋志作四卷文獻通考作十卷今未見傳本莫詳孰是其說亦不可復考此書所補凡二十七章其以思無邪為無思以從心不踰矩為無心類涉禪理以苟志于仁矣無惡也為有愛而無惡亦究觀平等之見以朝

聞道夕死可矣爲雖死而不亂尤去來自如之義
蓋眉山之學本雜出于二氏故也其顯駁軾說者
凡三條請討陳桓一章軾以爲能克田氏則三桓
不治而自服孔子欲借此張公室轍則以爲雖知
其無益而欲明君臣之義子見南子及齊歸女樂
二章軾以爲靈公未受命者故可季桓子已受命
者故不可轍則以爲諸侯之如衛靈公者多不可
盡去嚮聞孔子魯君大夫已受其餌孔子不去則
坐受其禍泰伯至德一章軾以爲泰伯不居其名

故亂不作魯隱宋宣取其名是以皆被其禍輙則以爲魯之禍始於攝宋之禍始于好戰皆非讓之過其說皆較軾爲長他如以剛毅木訥與巧言令色相證以六蔽章之不好學與入孝出弟章之學文互勘亦頗有所發明歷來著錄亦存備一家焉

論語拾遺

宋　蘇　轍　撰

予少年爲論語略解子瞻謫居黄州爲論語說盡取以往今見於其書者十二三也大觀丁亥間居潁川爲孫籀簡筠講論語子瞻之說意有所未安時爲籀等言之凡二十有七章謂之論語拾遺恨不得一質之子瞻也

巧言令色世之所說也剛毅木訥世之所惡也惡之斯以爲不仁矣仁者直道而行無求於人望之儼然卽之也溫聽其言也厲而何巧言令色之有彼爲是者眞務

外不仁耳故曰巧言令色鮮矣仁又曰剛毅木訥近仁子貢曰貧而無諂富而無驕何如子曰未若貧而樂富而好禮者也夫貧而無諂富而無驕亦可謂賢矣然貧而樂雖欲諂不可得也富而好禮雖欲驕亦不可得也子貢聞之而悟曰士之至於此者抑其切磋琢磨之功至也歟孔子善之曰賜也始可與言詩已矣告諸往而知來者舉其成功而告之而知其所從來者所謂聞一以知二也歟

易曰無思無爲寂然不動感而遂通天下之故詩曰思

無邪孔子取之二者非異也惟無思然後思無邪有思則邪矣火必有光心必有思聖人無思非無思也外無物內無我無我既盡心全而不亂物至而知可否可者作不可者止因其自然而吾未嘗思未嘗為此所謂無思無為而思之正也若夫以物役思者其邪矣如使寂然不動與木石為偶而以為無思無為則亦何以通天下之故也哉故曰思無邪思馬斯徂苟思馬而馬應則凡思之所及無不應也此所以為感而遂通天下之故也

終日不食終夜不寢致力于思徒思而無益是以知思之不如學也故十有五而志于學則所由適道者順矣由是以適道知道而未能安則不能行不能行則未可與立惟能安能行乃可以立故三十而立可與立矣遇變而惑則雖立而不固故四十而不惑則可與權矣物莫能惑人不能遷則行上與天同吾不違天而天亦莫吾違也故五十而知天命人之至於此也其所以施於物而行於人者至矣然猶未也心之所安耳目接於物而有不順焉以心御之而後順則其應必疑故六十而

耳順耳目所遇不思而順矣然猶有心存焉以心御心
乃能中法惟無心然後從心而不踰矩故七十而從心
所欲不踰矩
我與物爲二君子之欲交於物也非信無自入矣譬如
車輪輿既具牛馬既設然而判然二物也夫將何以行
之惟爲之輗軏以交之而後輪輿得藉於牛馬也輗軏
轅端持軶者也故曰人而無信不知其可也大車無輗
小車無軏其何以行之哉車與馬得輗軏而交我與物
得信而交金石之堅天地之遠苟有誠信無所不通吾

然後知信之爲輗軏也

不仁而久約則怨而思亂久樂則驕而忘患故曰不仁者不可以久處約不可以長處樂然則何所處之而可曰仁人在上則不仁者約而不怨樂而不驕管仲奪伯氏駢邑三百飯疏食沒齒無怨言與豎刁易牙俱事桓公終仲之世二子皆不敢動而況管仲之上哉

仁者無所不愛人之至於無所不愛也其蔽盡矣有蔽者必有所愛有所不愛無蔽者無不愛矣子曰惟仁者能好人能惡人以其無蔽也夫然猶有惡也無所不愛

則無所惡矣故曰苟至於仁矣無惡也其於不仁也亦哀之而已

性之必仁如水之必清火之必明然方土之未去也水必有泥方薪之未盡也火必有烟土去則水無不清薪盡則火無不明矣人之至於不仁則物有以害之也君子無終食之間違仁造次必於是顛沛必於是非不違仁也外物之害既盡惟一而不雜未嘗不仁也若顏子者雖亦治矣然而土未盡去薪未盡化力有所未逮也是以能三月不違仁矣而未能遂以終身也其餘則土

盛而薪彌水火不能勝是以日月至焉而已矣故顏子之心仁人之心也不幸而死學未及究其功不見於世孔子以其心許之矣管仲相桓公九合諸侯一匡天下此仁人之功也孔子以其功許之矣然而三歸反坫其心猶累於物此孔顏之所不爲也使顏子而無死切而磋之琢而磨之將造次顛沛於是何三月不違而止哉如管仲生不由禮死而五公子之禍起齊遂大亂君子之爲仁將取其心乎將取其功乎二者不可得兼使天相人以顏子之心收管仲之功庶幾無後患也夫

孔氏之門人其聞道者亦寡耳顏子曾子孔門之知道者也故孔子歎之曰朝聞道夕死可矣苟未聞道雖多學而識之至於生死之際未有不自失也苟一日聞道雖死可以不亂矣死而不亂而後可謂學矣

孔子歷試而不用慨然而歎曰道不行乘桴浮於海從我者其由歟此非孔子之誠言蓋其一時之歎云爾子路聞之而喜子路亦豈誠欲入海者耶亦喜孔子之知其勇耳子曰由也好勇過我無所取材蓋曰無所取材以爲是桴也亦戲之云爾雖聖人其與人言亦未免有

戲也

令尹子文三仕爲令尹無喜色三已之無愠色孔子以忠許之而不與其仁崔子弑齊君陳文子有馬十乘棄而違之孔子以清許之而不與其仁此二人者皆春秋之賢大夫也而孔子不以仁與之孔子之以仁與人也固難殷之三仁孤竹君之二子至於近世惟齊管仲然後以仁許之如令尹子文陳文子雖賢未可以列於仁人之目故冉有子路之政事公西華之應對與子文之忠文子之清一也

臧文仲魯之君子也其言行載於魯而孔子少之曰臧文仲不仁者三不智者三下展禽廢六關妾織蒲三不仁也作虛器縱逆祀祀爰居三不智也捨是六者其餘皆仁且智也歟孔子曰君子而不仁者有矣夫君子而不仁則臧文仲之類歟

孔子居魯陽貨欲見而不往陽貨時其亡也而饋之豚孔子亦時其亡也而往拜之遇諸塗與孔子三言孔子答之無違孔子豈順陽貨者哉不與之校耳孟子曰當是時陽貨先豈得不見夫先之而必答禮之而必報孔

子亦有不得已矣孔子之見南子如見陽貨必有不得已焉子路疑之而孔子不辨也故曰予所否者天厭之天厭之以爲世莫吾知而自信於天云爾

泰伯以國授王季逃之荆蠻天下知王季文武之賢而不知泰伯之德所以成之者遠矣故曰泰伯其可謂至德也已矣三以天下讓民無得而稱焉子瞻曰泰伯斷髮文身示不可用使民無得而稱之有讓國之實而無其名故亂不作彼宋宣魯隱皆存其實而取其名者也是以宋魯皆被其禍予以爲不然人患不誠誠無爭心

苟非豺狼孰不順之魯之禍始於攝而宋之禍成於好戰皆非蘗之過也漢東海王彊以天下授顯宗唐宋王成器以天下授元宗兄弟終身無間言焉豈亦斷髮文身哉子貢曰泰伯端委以治吳仲雍繼之斷髮文身孰謂泰伯斷髮文身示不可用者太史公以意言之爾

武王曰予有亂臣十人孔子曰才難不其然乎唐虞之際於斯爲盛有婦人焉九人而已婦人者太姒也然則武王蓋臣其母乎古者婦人既嫁從夫夫死從子故春秋書魯僖公之母曰秦人來歸僖公成風之禭太姒雖

毋以九人故謂之臣焉可也

或問子西孔子曰彼哉彼哉鄭公孫僑無是焉者蓋非所問也楚令尹子西相昭王楚以復國而孔子非之何也昭王欲用孔子子西知孔子之賢而疑其不利楚國使聖人之功不見於世所以深疾之也世之不知孔子者衆矣孔子未嘗疾之疾其知我而疑我爾

陳成子弑簡公孔子沐浴而朝告於哀公曰陳恒弑其君請討之公曰告夫三子孔子曰以吾從大夫之後不敢不告也君曰告夫三子者之三子告不可孔子曰以

吾從大夫之後不敢不告也孔子爲魯大夫鄰國有弑君之禍而恬不以爲言則是許之也哀公三桓之不足與有立也孔子既知之矣知而猶告以爲雖無益于今日而君臣之義猶有儆於後世也子瞻曰哀公患三桓之偪嘗欲以越伐魯而去之以越伐魯豈若從孔子而伐齊既克田氏則魯公室自張三桓將不治而自服此孔子之志也予以爲不然古之君子將有立於世必先擇其君齊桓雖中主然其所以任管仲者世無有也然後九合之功可得而成今哀公之妄非可以望桓公也

使孔子誠克田而返將誰與保其功然則孔子之憂顧在克齊之後此則孔子之所不爲也

古之教人必以學學必教之以道道有上下其形而上者道也其形而下者器也君子上達知其道也小人下達得其器也上達者不私於我不役於物故曰君子學道則愛人下達者知義之不可犯禮之不可過故曰小人學道則易使也如使人而不知道雖至於君子有不仁者矣小人則無所不至也故曰君子而不仁者有矣夫未有小人而仁者也

有道者不知貧富之異貧而無怨富而無驕一也然而飢寒切于身而心不動非忘身者不能故曰貧而無怨難富而無驕易

孔子以禮樂游於諸侯世知其篤於學而已不知其他也犁彌謂齊景公曰孔丘好禮而無勇若使萊人以兵刦魯侯必得志焉衛靈公之所以待孔子者始亦至矣然其所以知之者猶犁彌也久而厭之將傲之以其所不知蓋問陳焉孔子知其決不用也故明日而行使誠用之雖及軍旅之事可也

道之大充塞天地贍足萬物誠得其人而用之無所不至也苟非其人道雖存七尺之軀有不能充矣而況其餘乎故曰人能弘道非道弘人

人生於欲不知道者未有不爲欲所蔽也故曰人之所欲也血氣未定戒之在色始學者未可以語道也故古之教者必始於周南召南周南召南知欲之不可已也而道之以禮以禮濟欲夫是以樂而不淫始學者安焉由是以免於蔽子謂伯魚曰汝爲周南召南矣乎人而不爲周南召南其猶正墻面而立也歟言欲之蔽也

古之傳道者必以言達者得意而忘言則言可尙也小人以言害意因言以失道則言可畏也故曰予欲無言聖人之教人亦多術矣行止語默無非教者子貢習於聽言而未知其餘也故曰子如不言則小子何述焉子曰天何言哉四時行焉百物生焉夫豈無以感而通之乎

君子無所不學然而不可勝志也志必有所一而後可志無所一雖博猶雜學也故曰博學而篤志將有問也必切其極退而思之必自其近者始不然疑而不信也君

子之道造端乎夫婦及其至也察乎天地自夫婦之所能而思之可以知聖人之所不能也故曰切問而近思君子爲此二者雖不爲仁而仁可得也故曰仁在其中矣

弟子入則孝出則弟謹而信汎愛衆而親仁行有餘力則以學文孝弟忠信汎愛而親仁皆其質也有其質矣而無學以文之者皆未免於有過也故曰好仁不好學其蔽也愚好智不好學其蔽也蕩好信不好學其蔽也賊好直不好學其蔽也絞好勇不好學其蔽也亂好剛

不好學其蔽也狂此六者皆美質也而無學以文之則其病至此故曰十室之邑必有忠信如丘者焉不如丘之好學也質如孔子而不知學者六蔽之所害蓋無足怪也

子曰三年學不至於穀不易得也穀善也善之成而可用如苗之實而可食也盡其心力於學三年而不見其成功者世無有也

羣居終日言不及義此里巷之鄙夫直情而恣行者也而孔子何難焉蓋知不義之可惡而欲以小惠要譽於

世世必以是取之此孔子之所難也

衛靈公以南子自汙孔子去魯從之不疑季桓子以女樂之故三日不朝孔子去之如避寇讎子瞻曰衛靈公未受命者故可季桓子已受命者故不可予以爲不然孔子之世諸侯之過如衛靈公者多矣而可盡去乎齊人以女樂間孔子魯君大夫既食其餌矣使孔子安而不去則坐受其禍無可爲矣非衛南子之比也

論語拾遺終

皇清道光二十一年歲次辛丑金山錢熙祚錫之校梓

孟子解

孟子解一卷宋蘇轍撰舊本首題潁濱遺老乃
其晚歲退居之號以陳振孫書錄解題考之實少
年作也凡二十四章一章謂聖人躬行仁義而利
存非以爲利二章謂文王之囿七十里乃山林藪
澤與民共之三章謂小大貴賤其命無不出于天
故曰畏天樂天四章引責難陳善爲恭敬解畜君
爲好君五章謂浩然之氣即子思之所謂誠六章
論養氣在學而待其自至七章論知言由知其所

以病八章以克己復禮解射者正己九章論貢之
未善由先王草創之初尚立法未密十章論陳仲
子之廉病在使天下之人無可同立之人十六章
論孔子以微罪行爲上以免君下以免我十八章
論事天立命十九章論順受其正二十二章論進
銳退速二十四章論擴充仁義立義皆醇正不支
二十章以周官八議駁竊負而逃二十三章以司
馬懿楊堅得天下言但當論仁不仁不必論得失
亦有所見惟十一章謂學聖不如學道十二章十

三章十四章以孔子之論性難孟子之論性十五
章以智屬夷惠力屬孔子十七章以貞而不諒難
君子不亮二十一章以形色天性爲強飾于外皆
未免駁雜蓋瑕瑜互見之書也然較其晚年著述
純入佛老者則謹嚴多矣

孟子解　　　　指海第一集

宋　蘇　轍　撰

梁惠王問利國於孟子孟子對曰王何必曰利亦有仁義而已矣先王之所以爲其國未有非利也孟子則有爲言之耳曰是不然聖人躬行仁義而利存非爲利也惟不爲利故利存小人以爲不求則弗獲也故求利而民爭民爭則反以失之孫卿子曰君子兩得之者也小人兩失之者也此之謂也

齊宣王問曰文王之囿方七十里有諸孟子對曰於傳

有之周雖大國未有以七十里爲囿而不害於民者也意者山林藪澤與民共之而以囿名焉是以芻蕘雉兎者無不獲往不然七十里之囿文王之所不爲也

孟子曰以大事小者樂天者也以小事大者畏天者也樂天者保天下畏天者保其國小大之相形貴賤之相臨其命無不出於天者畏天者知其不可違不得已而從之樂天者非有所畏非不得已中心誠樂而爲之也堯禪舜舜禪禹湯事葛文王事昆夷天也

齊景公作君臣相說之樂其詩曰畜君何尤孟子曰畜

君者好君也君有逸德而能止之是謂畜君以臣畜君君之所尤也然其心則無罪非好其君不能也故曰責難於君謂之恭陳善閉邪謂之敬吾君不能謂之賊

孟子學於子思子思言聖人之道出於天下之所能行而孟子言天下之人皆可以行聖人之道子思言至誠無敵於天下而孟子言不動心於浩然之氣誠之異名也誠之爲言心之所謂誠然也心以爲誠然則其行之也安是故心不動而其氣浩然無屈於天下此子思孟子之所以爲師弟子也子思舉其端而言之故曰誠孟

子從之其一論養心以致浩然之氣其次論心之所以不動其三論君子之所以達於義達於義所以不動心也不動心所以致浩然之氣也三者相須而不可廢

孟子曰我善養吾浩然之氣其爲氣也至大至剛以直養而無害則塞於天地之間是何氣也天下之人莫不有氣氣者心之發而已行道之人一朝之忿而鬬焉以忘其身是亦氣也方其鬬也不知其身之爲小也不知天地之大禍福之可畏也然而是氣之不養者也不養之氣橫行於中則無所不爲而不自知於是有進而爲

先我不動心告子曰不得於言勿求於心不得於心勿
易致也而難在於養心孟子曰我四十不動心而告子
從志意不修氣盛奪志則志無能爲而惟氣之聽故氣
則動志矣志意既修志盛奪氣則氣無能爲而惟志之
得一人之身而氣二變之故孟子曰志壹則動氣氣壹
壯也血氣方剛戒之在鬪及其老也血氣既衰戒之在
而不敢也孔子曰人之少也血氣未定戒之在色及其
盛而莫禁也其退而爲怯也非吾欲怯也不養之氣其
勇有退而爲怯其進而爲勇也非吾欲勇也不養之氣

相狎而不相離然後臨事而其氣不屈故曰志至焉氣
也而後有是氣故君子養其義心以致其氣使氣於心
所不欲而獨為之則其氣常然而不懼人必先有是心
言之氣者心之使也心所欲為則其氣勃然而應之心
不得於心勿求於氣可不得於言勿求於心不可由是
然而心則然者有矣未有心不然而氣則然者也故曰
其有此心不得之於其心勿復求其有此氣夫言之不
可何謂也告子以為有人於此不得之於其言勿復求
求於氣不得於心勿求於氣可不得於言勿求於心不

次焉志之所至而氣從之之謂也昔之君子以其耿然
之身而臨天下言未發而衆先喻功未見而志先信力
不及而世與之者以有是氣而已故曰志氣之帥也氣
體之充也養志以致氣盛氣以充體體充而物莫敢逆
然後其氣塞於天地雖然心之所以不動者何也博學
而識之彊力而行之卒然而遇之有自失焉故心必有
所守而後能不動心之所守不可多也多學而兼守之
事至有不應也是以落其枝葉損之又損以至於不可
損也而後能應故孔子謂子貢曰賜也汝以予爲多學

而識之者歟曰然非歟曰非也予一以貫之北宮黝之養勇也曰吾無辱於爾也孟施舍之養勇也曰吾無懼於爾也無辱勇矣而未見所以必勇也無懼而後能必勇故曰北宮黝之守氣不如孟施舍之守約北宮黝似子夏孟施舍似曾子曾子之所以自守者曰自反而不縮雖褐寬博吾不惴焉自反而縮雖千萬人吾往矣夫縮入也人受也自反而心受之以爲可爲者無慊於吾心也則吾心囂然爲之而吾氣勃然應之矣孟子曰其爲氣也配義與道無是餒也行有不慊於心則餒矣夫

餒不充之謂也有行於此而義不受則心不慊心不慊
則氣不能充體氣不能充體之謂餒矣故心不能不動
也而有待於義君子所由達於義者何也勉彊而行之
則勞苦而失其真放而不之求則終身而不獲孟子曰
必有事焉而勿正心勿忘勿助長也夫君子之於道朝
夕從事於其間待其自直而勿彊正也中心勿忘待其
自生而勿助長也而後獲其真彊之而求其正助之而
望其長是非誠直而誠長也迫於外也子夏曰百工居
肆以成其事君子學以致其道待其自至而不彊是學

道之要也

孟子曰我知言詖辭知其所蔽淫辭知其所陷邪辭知其所離遁辭知其所窮何謂也曰是諸子之病也孟子之於諸子非辯過之知其病而已病於寒者得火而喜以爲萬物莫火若也病於熱者得水而喜以爲萬物莫水若也一惑於水火以爲不可失矣誠得其病未有不覺而自泣也彼其爲是險詖之辭者必有以蔽之而不能自達也爲是淫放之辭者必有以陷之而不能自出也爲是邪辟之辭者必有以附之而不能自解也苟能

知之發其蔽乎其陷解其離未有不服者也不服則遁遁必有所窮要之於所窮而執之此孟子之所以服諸子也

孟子曰仁者如射射者正己而後發發而不中反求諸己矣射之中否在的而所以中否在我善射者治其在我正立而審操之的雖在左右上下無不中者矣顏淵問仁孔子曰克己復禮爲仁一日克己復禮天下歸仁焉請問其目曰非禮勿視非禮勿聽非禮勿言非禮勿動夫居於人上而一爲非禮則害之及于物者衆矣誠

必由禮雖不爲仁而仁不可勝用也此仁者如射之謂也

龍子曰貢者較數歲之中以爲常樂歲粒米狼戾多取之而不爲虐則寡取之凶年糞其田而不足則必取盈焉故曰治地莫善於助莫不善於貢貢者夏后氏之法也而其不善如此何也曰何特貢也作法者必始於粗終于精篆之不若隸也簡策之不若紙也車之不若騎也席之不若牀也俎豆之不若盤盂也諸侯之不若郡縣也肉刑之不若徒流杖笞也古之不爲此非不智也

勢未及也寢於泥塗者寘之於陸而安矣自陸而後有虆梩自虆梩而後有莞簟捨其不安而獲其所安足矣方其未有貢也以貢爲善矣及其旣助而後知貢之未善也法非聖人之所爲世之所安也聖人善因世而已今世之所安聖人何易焉此夏之所以貢也

陳仲子處於於陵齊人以之爲廉孟子曰仲子所居之室伯夷之所築歟抑亦盜跖之所築歟所食之粟伯夷之所樹歟抑亦盜跖之所樹歟人安能待伯夷而後居而後食若是則孟子之責人也已難曰否居於於陵而

食其食非孟子所謂不可而仲子之所謂不可也仲子以兄之祿爲不義之祿而不食也以兄之室爲不義之室而不居也天下無伯夷仲子之義爲不居且不食也天下不可待伯夷而後居而後食然則非其居於於陵食於辟纑之果汗也而不食于母避兄之室之不可繼也故曰以母則不食以妻則食之以兄之室則不居以於陵則居之是尚爲能充其類也乎君子之行爲可充也爲可繼也然後行有類若仲子將何以繼之故曰禦人于國門之外而餽以道則不受以不義取之於民而

餽以道則受于孔子以不義取之于民者猶禦也其受於孔子何也曰以其非禦也非禦而謂之禦充類至義之盡也君子充其類而極其義則仲子之兄猶盜也仲子之兄猶盜也則天下之人皆猶盜也以天下之人皆猶盜而無所合則誰與立乎天下故君子不受於盜而猶盜者有所不問而後可以立于世若仲子者蚓而後充其操也孔子曰鳥獸不可與同羣吾非斯人之徒與而誰與蓋謂是也

學者皆學聖人學聖人不如學道聖人之所是而吾是

之其所非而吾非之是以貌從聖人也以貌從聖人名近而實非有不察焉故不如學道之必信孟子曰君子深造之以道欲其自得之也自得之則居之安居之安則資之深資之深則取之左右逢其原是以君子欲其自得之也

孟子曰天下之言性者則故而已矣所謂天下之言性者不知性者也不知性而言性是以言其故而已故非性也無所待之謂性有所因之謂故物起於外而性作以應之此豈所謂性哉性之所有事也性之所有事之

謂故方其無事也無可而無不可及其有事未有不就
利而避害者也知就利而避害則性滅而故盛矣故曰
故者以利爲本夫人之方無事也物未有以入之有性
而無物故可以謂之人之性及其有事則物入之矣或
利而誘之或害而止之而人失其性矣譬如水方其無
事則物未有以參之有水而無物故可以謂之水之性
及其有事則物之所參也或傾而上之或激而下之而
水失其性矣故曰所惡於智者爲其鑿也如智者若禹
之行水則無惡於智矣禹之行水也行其所無事也如

智者亦行其所無事則智亦大矣水行于無事則平性行於無事則靜方其靜也非天下之至明無以窺之及其既動而見於外則天下之人能知之矣天之高也星辰之遠也吾將何以推之惟其有事於運行是以千歲之日至可坐而致也此性故深淺之辨也

孟子嘗知性矣曰天下之言性者則故而已矣故者以利爲本知故之非性則孟子嘗知性矣然猶以故爲性何也孟子以道性善曰無惻隱之心非人也無羞惡之心非人也無辭讓之心非人也無是非之心非人也惻

隱之心仁之端也羞惡之心義之端也辭讓之心禮之端也是非之心智之端也人信有是四端矣然而有惻隱之心而已乎蓋亦有忍人之心矣有羞惡之心而已乎蓋亦有無恥之心矣有辭讓之心而已乎蓋亦有爭奪之心矣有是非之心而已乎蓋亦有蔽惑之心矣忍人之心不仁之端也無恥之心不義之端也爭奪之心不禮之端也蔽惑之心不智之端也是八者未知其孰爲主也均出于性而已非性也性之所有事也今孟子則別之曰此四者性也彼四者非性也以告于人而欲

其信之難矣夫性之于人也可得而知之不可得而言也遇物而後行應物而後動方其無物也性也及其有物則物之報也惟其與物相遇而物不能奪則行其所安而發其所不安則謂之善與物相遇而物奪之則置其所可而從其所不可則謂之惡皆非性也性之所有事也譬如水火能下者水也能上者亦水也能熟物者火也能焚物者亦火也天下之人好其能下而惡其能上利其能熟而害其能焚也而以能下能熟者謂之水火能上能焚者爲非水火也可乎夫是四者非水火也

水火之所有事也奈何或以爲是或以爲非哉孔子曰性相近也習相遠也夫雖堯桀而均有是性是謂近及其與物相遇而堯以爲善桀以爲惡是謂相遠習者性之所有事也自是而後相遠則善惡果非性也

孔子曰上智與下愚不移故有性善有性不善以堯爲父而有丹朱以瞽瞍爲父而有舜以紂爲君而有微子啟王子比干安在其爲性相近也曰此非性也故也天下之水未有不可飲者也然而或以爲清泠之淵或以爲泥塗今將指泥塗而告人曰雖是亦有可飲之實信

矣今將指泥塗而告人曰吾將飲之可乎此上智下愚之不可移也非性也故也

孟子曰伯夷聖之清者也伊尹聖之任者也柳下惠聖之和者也孔子聖之時者也孔子之謂集大成集大成也者金聲而玉振之也金聲也者始條理也玉振之也者終條理也始條理者智之事也終條理者聖之事也智譬則巧也聖譬則力也以巧喻智以力喻聖何也巧之所能或有不能力之所常至無不至也伯夷伊尹柳下惠之行人之一方也而以終身焉故有不可得而充

至於孔子可以速而速可以久而久可以仕而仕可以處而處然後終身行之而不匱故曰由射於百步之外其至爾力也是可常也其中非爾力也是巧也是不可常也巧亦能爲一中矣然而時亦不中是不如力之必至也

語曰齊人饋女樂季桓子受之三日不朝孔子行孟子曰孔子從而祭膰肉不至不稅冕而行二者非相反也孔子之去魯爲女樂之故也去子膰肉之不至爲君也於其君之有大惡也孔子有不忍行焉於其君之無罪

也孔子有不安行焉曰上以求免吾君下以免我是以去於膰肉之不至曰是可以辭於天下也故曰乃孔子則欲以微罪行不欲爲苟去君子之所爲衆人固不識也

孟子曰君子不亮惡乎執必信之謂亮孔子曰君子貞而不亮要止於正而不必信而後無所執否則執一而廢百矣

孟子曰存其心養其性所以事天也夭壽不貳修身以俟之所以立命也天者莫之使而自然者也命者莫之

致而自至者也天畀我以是心而不能存付我以是性而不能養是天之所以授我者有所不事也壽則爲之夭則廢之夭壽非人所爲也而寘力焉是命有所未立也修身於此知夭壽之無可爲也而命立於彼也

孟子曰莫非命也順受其正何謂也天之所以授我者盡于是矣君子修其在我以全其在天人與天不相害焉而得之是故謂之正忠信孝弟所以爲順也人道盡矣而有不幸以至於大故而後得爲命巖墻之下是必壓之道也桎梏之中是必困之道也必壓必困而復蹈

之以受其禍是豈命哉吾所處者然也
人之爲不善也皆有愧恥不安之心小人惟奮而行之君子惟從而已
之孟子曰無爲其所不爲無欲其所不欲如斯而已矣
孟子曰舜爲天子皐陶爲士瞽瞍殺人皐陶則執之舜
則竊負而逃于海濱吾以爲此野人之言非君子之論
也舜之事親烝烝乂不格姦何至殺人而負之以逃哉
且天子之親有罪議之孰謂天子之父殺人而不免於
死乎
孟子曰形色天性也惟聖人然後踐形形色者所彊於

外也中雖無有而猶知彊之孟子以是爲天性也
有人於此其進之鋭也則天下以爲不速退矣是不然
勉彊而力行則其進也必鋭不勝而怠厭之則其退也
必速曷不取而覆觀之於其不可已而已者無所不已
於其所厚者薄無不薄也故曰仲子不義與之齊國而
不受人皆信之是舍簞食豆羹之義也人莫大焉亡親
戚君臣上下以其小者信其大者惡可哉亡親戚君臣
上下而可是所謂不可已而已者也能居於於陵食於
辟纑而不顧而不能以不義不受齊國是所謂進鋭而

退速者也

孟子曰不仁而得國者有之矣不仁而得天下未之有也孟子之爲是言也則未見司馬懿楊堅也不仁而得天下也何損於仁仁而不得天下也何益於不仁得國之與得天下也何以爲異君子之所恃以勝不仁者上不愧乎天下不愧乎人而得失非吾之所知也

孟子曰人能充其無欲害人之心而仁不可勝用也人能充無穿窬之心而義不可勝用也無穿窬之心人皆有之然苟能充之則未可以言而言可以言而不言猶

未免乎穿鑿也此所謂造端夫婦而其至也察乎天地也歟

孟子解終

皇清道光二十一年歲次辛丑金山錢熙祚錫之校梓